AF202443

Volker Jochim

Gib mir das Gefühl zurück

Novelle

(Überarbeitete Neuauflage)

© 2015 Volker Jochim
Umschlag, Illustration: trediton
Volker Jochim (Foto)

Verlag: tredition GmbH, Hamburg

Die erste Auflage erschien 2012 im Projekte-
Verlag Cornelius (Halle/Saale)

ISBN
Paperback   978-3-7323-6164-9
Hardcover   978-3-7323-6165-6
e-Book   978-3-7323-6166-3

Printed in Germany

Mein besonderer Dank gilt dem Radiosender HR1 des Hessischen Rundfunks, für die Erlaubnis diesen Titel verwenden zu dürfen.

…… how many times can some people exist,
before they`re allowed to be free……

(Bob Dylan)

1

….. der Herr hat es gegeben, der Herr hat es genommen …..

***

Ich komme mir vor wie in einem der alten franzö-
sischen Filme, in denen eine schwarz gekleidete
Trauergemeinde, teilweise mit schwarzen Regen-
schirmen bewaffnet, auf einem Friedhof mit altem
Baumbestand vor den Toren einer Kleinstadt, bei
Nieselregen von einem der Ihren Abschied nimmt.

***

….. und so nehmen wir nun Abschied von unserem über alles geliebten Ehemann, Vater und lieben
Freund Roland Jost …..

***

Es ist ein kalter, grauer Novembertag, es regnet in Strömen und ich habe *keinen* Schirm. Das Wasser läuft in den aufgestellten Kragen meines Trenchcoats und meine Schuhe geben seltsam schmatzende Geräusche von sich, wenn ich mich bewege, um die Kälte daran zu hindern von meinen Knochen endgültig Besitz zu ergreifen.

***

..... Asche zu Asche, Staub zu Staub .....

***

Ich hatte die Todesanzeige zufällig in einer Tageszeitung meiner Heimatstadt gelesen, als mich die Sehnsucht nach der Stätte meiner Kindheit und Jugendzeit wieder einmal hierher trieb.

Das passiert immer öfter, je älter ich werde. Einige meiner Freunde unken schon, dass dies bei alten Menschen immer so sei, bevor sie das Zeitliche segnen.

Ich bin doch noch nicht alt, zumindest fühle ich mich nicht so. Ich bin erst Ende fünfzig und die Zeit mit meinem Freund Roland ist noch gar nicht so lange her. Ich habe doch auch noch so viel vor. Trotzdem treffen mich solche, eigentlich im Scherz gemachten Bemerkungen tief in meinem Inneren.

Obwohl, zugegebenermaßen, machen sich schon

gelegentlich einmal Verschleißerscheinungen bemerkbar. Morgens beim Aufstehen brauche ich ein paar Minuten um meine schmerzenden Knochen zu sortieren, und wenn ich hocke, habe ich das Gefühl mich nicht mehr aufrichten zu können und muss mich abstützen. Aber nicht immer.

Bis vor ein paar Jahren war ich noch topfit, war sportlich aktiv, ohne Beschwerden. Dann habe ich einfach aufgehört. Aus Zeitmangel habe ich mir eingeredet. Aber wahrscheinlich dachte ich mir damals, dass man in meinem Alter etwas Seriöses, Sinnvolleres tun sollte.

Vor einem halben Jahr hatte ich den Entschluss gefasst, wieder etwas für meine Gesundheit zu tun. Ich kaufte mir ein Paar neue Laufschuhe, und als die ersten Sonnenstrahlen des Frühjahrs mich weckten, ging ich auf die Piste. Doch statt der angepeilten fünf Kilometer wurde es nicht einmal einer. Ich bekam keine Luft mehr, vor meinen Augen sah ich bunte Kreise, wie in einem Kaleidoskop. Ich gab auf. Als mir auf meinem schmerzlichen Rückweg andere Läufer begegneten tat ich so als würde ich Dehnübungen machen.

Auf eines musste ich wohl verzichten: Das Laufen oder die Gauloises. Die Franzosen haben gewonnen.

***

Roland war auch erst Ende fünfzig. Genauer gesagt war er drei Tage älter als ich. Wir sind zusammen aufgewachsen, wohnten Haus an Haus. Wir spielten zusammen auf der Straße Fußball.

Damals gab es noch keinen Straßenverkehr, der die Kinder vertrieb. Drei, viermal am Tag fuhr ein Auto durch unsere Straße und ebenso wenige Autos parkten dort und zeichneten ihre Besitzer als etwas wohlhabender als den Rest der Nachbarschaft aus. An einen dieser Privilegierten kann ich mich noch gut erinnern. Er hieß Weigand und fuhr einen Opel Kapitän, ein riesiges Gefährt mit einem verchromten Kühlergrill, der uns wie das aufgerissene Maul eines Haifischs vorkam und der auf einem eigens für ihn aufgezeichneten Parkplatz stehen durfte.

Herr Weigand selbst war ebenfalls eine imposante Erscheinung. Ein großer, grauhaariger Mann mit ewig sonnengebräuntem Teint, der tagein, tagaus in einem Tweed-Sakko mit Lederknöpfen und einem Gürtel auf seinem Balkon im Erdgeschoss unseres Nachbarhauses saß und rauchte. Aus dem offenen Kragen seines weißen Hemdes lugte immer ein bunt gemustertes Seidentuch und in der Brusttasche seines Sakkos steckte ein dazu passendes Einstecktuch.

Er saß da und beobachtete uns beim Fußballspielen zwischen den Mülltonnen, die wir als Tore auf die Straße gestellt hatten, und wachte argwöhnisch darüber, dass wir nicht in die Nähe seines Wirtschaftswunder-Gefährts kamen.

***

Bis zum Ende der Volksschule drückten wir beide gemeinsam die Schulbank. Danach trennten sich unsere Wege das *erste* Mal. Ich musste aufs Gymnasium und Roland ging auf eine Realschule.

Das Gymnasium auf das ich ging, war ein alter, dunkler Kasten und erinnerte sehr stark an die Schule in der Verfilmung der Feuerzangenbowle mit Heinz Rühmann. So alt und verstaubt wie dieses Gebäude, war auch der Lehrkörper. Alles verströmte den Mief längst vergangener Zeiten und manchmal, manchmal hatte ich das Gefühl, das alte Lied vom schönen Westerwald in den Gängen widerhallen zu hören.

Da meine Mutter alleinerziehend und auch nicht Architektin oder Ärztin war, wurde ich von Anfang an wie ein Schüler zweiter Klasse behandelt, was darin gipfelte, dass ich Jahre lang für die Missetaten meiner lieben Mitschüler verantwortlich gemacht wurde und ich letztendlich von der Schule flog. Meine Mutter war untröstlich und ich erleichtert.

Später traf ich Roland auf der Fachoberschule wieder.

***

Als ich die Todesanzeige las, dachte ich zuerst an eine Namensgleichheit. Das konnte unmöglich mein Freund aus glücklichen Kindertagen sein. Aber es war sein Geburtsdatum, das dort stand, der fünfte August.

Die Anzeige war von seiner Frau aufgegeben worden. Mein Jugendfreund hatte also Familie. Die meisten meiner Freunde aus Jugendtagen hatten Familie. Ich war auch einmal verheiratet. Hat aber nicht gehalten.

***

Ich war wohl zu jung, gerade einmal zwanzig Jahre, um mir über die Folgen dieser Entscheidung bewusst zu werden. Am Anfang ist man noch euphorisch, findet alles toll, ist dauernd mit Freunden unterwegs und lässt sich beneiden. Später, viel zu spät bemerkt man erst, dass man zu verschieden ist und sich eigentlich nichts mehr zu sagen hat.

Roland hatte mich damals gewarnt.

„Du verrätst deine Ideale", hatte er gesagt, „das ist der Einstieg ins bürgerliche Leben".

***

Ich beabsichtigte, einen Kondolenzbesuch abzustatten. Ich dachte dies sei ich ihm zumindest schuldig. Aber dazu musste ich erst einmal die Adresse herausfinden.

Auf der Suche nach einem Telefonbuch klapperte ich erfolglos mehrere Telefonzellen ab.

„In welcher Zeit lebst du denn?" hörte ich im Geiste meine Lebensgefährtin sagen. „Wir leben im 21. Jahrhundert. Da gibt es so etwas nicht mehr. Du hast doch ein Handy. Ruf die Auskunft an."

***

Ich lebe jetzt schon ein paar Jahre mit meiner Lebensgefährtin zusammen und das passt sehr gut. Sie versteht mich, bringt mich aber immer wieder vorsichtig ins Heute zurück, wenn ich wieder einmal in meiner Welt lebe …

"Woodstock ist vorbei", sagt sie dann immer und ich denke, „gib mir das Gefühl zurück."

***

Mein Handy. Ich habe tatsächlich so ein Stück Hightech, benutze es aber eher selten im Gegensatz zu den Kindern meiner Freunde, bei denen diese Dinger zum Alltag gehören, ja teilweise am Ohr festgewachsen scheinen. Bis auf Kaffee kochen können diese Geräte ja mittlerweile alles. Was hat die

Menschheit bloß früher ohne diese segensreiche Erfindung gemacht? Geschrieben? Ich befürchte, dass unser Nachwuchs das schon nicht mehr kann. Man sollte bei der Pisa-Studie einmal die Handy-Telefonie testen. Da wären wir bestimmt Weltmeister.

Ich kramte also mein Handy aus der Tasche meines Cord-Sakkos und wählte eine Nummer, die ich einmal in einer Fernsehwerbung gesehen hatte und bei der man bis zur Reservierung einer Opernkarte alles bekommen konnte. Tatsächlich bekam ich auch die Adresse meines verstorbenen Jugendfreundes. Eine Adresse hier in der Stadt, die mir aber völlig fremd war.

So ging ich zum nächsten U-Bahnhof in der Hoffnung, dort einen Stadtplan zu finden. In allen Bahnhöfen gibt es doch Stadtpläne, sagte ich mir, also wird es auch hier einen geben. Als ich endlich die Leuchtvitrine gefunden hatte, stellte ich mich geduldig hinter einer Gruppe junger Asiatinnen an, die den Stadtplan belagerten und laut schnatternd und lachend mit ihren schmalen Fingern auf der Karte hin und her fuhren. Nach einer Weile fragte ich höflich und auf Englisch, in der Hoffnung, dass sie mich verstehen würden, ob ich auch einmal einen Blick auf die Karte werfen dürfte. Zuerst sahen sie mich erstaunt mit ihren schönen Mandelaugen an, dann verbeugten sie sich mehrmals kichernd, um schließlich laut lachend in Richtung Rolltreppe davon zu laufen.

„Glückliche Jugend", dachte ich um mich zugleich darauf zu besinnen, warum ich eigentlich hier stand.

***

Die Gegend, in der mein Freund zu Hause war, lag in einem dieser Randgebiete vor der Stadt, die erst später eingemeindet wurden. Zumeist waren es Neubaugebiete in denen sich Dutzende von völlig identischen Reihenhäusern, wie an einer Perlenschnur aufgereiht, an einer Ringstraße entlang zogen.

Eine heile Welt Idylle, in die müde Familienväter, nach einem stressigen Büro Tag in der Stadt, am Abend eintauchen, um im Kreise ihrer Lieben den Tag vor dem neuen Flachbildfernseher mit einer spannenden Rateserie ausklingen zu lassen.

Ich stellte mir vor, wie sie mit ihren Kombis vorfuhren, auf der Suche nach der richtigen Hausnummer ohne die sie ihr Haus schwerlich identifizieren konnten. Auf den Garagenzufahrten liegen kleine, bunte Kinderfahrräder und in den zehn Quadratmeter großen Vorgärten liegt buntes Spielzeug.

Dort sollte mein Freund gewohnt haben? Mein Freund aus den Tagen des Klassenkampfes?

***

Langsam ging ich zu meinem Auto, dass ich etwas außerhalb der Innenstadt in einer ruhigen Seitenstraße geparkt hatte, und versuchte meine Gedanken zu ordnen.

„Gehört der Schrotthaufen Ihnen?" hörte ich eine Stimme sagen, als ich die Fahrertür meines betagten, knallroten Citroen 2CV aufschloss.

Die Stimme gehörte einem jungen Mann, etwa dreißig Jahre alt, mit Solarium brauner Gesichtsfarbe, der in einem braunen Nadelstreifenanzug und spitzen, braunen Schuhen steckte. Um seine Frisur brauchte er sich keine Gedanken zu machen. Die hielt auch einen Tornado aus, soviel Haar-Gel war darin verarbeitet.

Er lehnte lässig an einer vor meinem Auto geparkten dunkelblauen Nobelkarosse süddeutscher Fabrikation. Eines dieser Modelle mit eingebauter Vorfahrt.

„Passen Sie bloß auf, dass Sie mir mit der Rostlaube meinen Wagen nicht verkratzen", sagte er weiter, „so etwas sollte man auf der Straße verbieten."

Ich hatte keine Lust zu streiten und so erwiderte ich gönnerhaft: "Junger Freund, das ist kein Schrotthaufen sondern ein Stück Kulturgut! Da du aber offensichtlich nicht weißt, was das ist, und ich meinen großzügigen Tag habe, verzeihe ich dir den dummen Spruch. Und was das Verbieten angeht, so sollte man eher solche Typen wie dich mit ihren Protzkarren verbieten."

Ich lächelte ihm noch freundlich zu, als ich in meine Ente stieg, und ließ ihn, um Fassung ringend, zurück.

***

Als ich den Stadtteil erreichte, in dem mein Freund gewohnt haben soll, bot sich mir auch bald das Bild aus meiner Vorstellung. Auch wenn ich im Bekanntenkreis ob dieser Vorstellung immer wieder gescholten werde, so bleibe ich dabei, dass dies eine Kulisse ist, hinter der man sich trefflich verstecken und die gesellschaftlichen Probleme, die uns alle betreffen, außen vorlassen kann, statt sich damit auseinander zu setzen. Ich jedenfalls könnte mich nicht in solch einem Mikrokosmos verschanzen und die Augen vor der Realität verschließen, solange sie mich nicht einholt.

***

Anfänglich fuhr ich durch enge Straßen, die rechts und links von Hofreiten gesäumt waren, gelegentlich unterbrochen von kleinen Kneipen, Läden oder einer

Kirche. Am Ende des alten Ortskerns fuhr ich an einer kleinen Tankstelle und einem unbebauten Grünstreifen vorbei. Und da waren sie, die schmalen bunten Reihenhäuschen. Eines wie das Andere. Mit den kleinen Fahrrädern vor der Garage und dem bunten Spielzeug im Vorgarten. Die Reihe zu meiner Linken war in einem dunkleren Gelbton gestrichen. Die Reihe auf der rechten Seite war hellblau.

Ich folgte der Straße, die in einer lang gezogenen Rechtskurve leicht anstieg, und hatte das Gefühl bald wieder an meinem Ausgangspunkt anzukommen, als die Straße wieder die Richtung wechselte.

Die Farbe der Häuser wechselte jetzt auch – von dunkelgelb zu pistaziengrün und von hellblau zu altrosa.

Die Straße endete in einem Wendehammer. Aus. Ende. Die Adresse meines Freundes gab es hier nicht.

Da der Radius des Wendehammers für den Wendekreis meiner Ente etwas zu klein war, musste ich einmal rangieren und als ich dann wieder in Fahrtrichtung stand sah ich, dass neben dem letzten Reihenhaus ein asphaltierter Weg in ein kleines Fichtenwäldchen führte. Dieser Weg hatte auch ein Straßenschild und auf dem Schild stand der Straßenname, nach dem ich suchte.

Ich fuhr langsam durch die kleine Schonung, die sich plötzlich öffnete und den Blick auf ein großes Rondell freigab, dass von mehreren Villen gesäumt wurde.

Ich pfiff leise durch die Zähne. Gleich das erste Haus auf der rechten Seite war die gesuchte Adresse.

Ich parkte meinen 2CV direkt vor der Garagenauffahrt, da vor dem Haus mehrere Nobelkarossen abgestellt waren. Offenbar auch Besucher, die der Witwe ihr Beileid aussprechen wollten.

Oben vor der Dreifachgarage mit den Kupfertoren, welche die tief stehende Nachmittagssonne matt reflektierten, standen noch ein Range Rover und ein silberner SLK.

Da diese Autos wohl zum Haus gehörten, machte es ja nichts, dass ich die Ausfahrt blockierte. Außerdem wollte ich ja auch nicht lange bleiben, nur mein Beileid aussprechen und nach dem Termin und dem Ort der Beisetzung fragen.

Langsam stieg ich die hellen Marmorstufen, die zum Eingang führten, nach oben und stand vor einer, ebenfalls aus mattiertem Kupfer gearbeiteten Eingangstür. Auf der rechten Seite war ein Tableau mit Klingel, Gegensprechanlage und einem winzigen Monitor in die helle Marmorverkleidung eingelassen.

Wo so ein Monitor ist, gibt es bestimmt auch eine versteckte Kamera, mit deren Hilfe man von innen erst einmal seine Besucher betrachten kann, wie sie ungeduldig ihr Gewicht von einem Bein auf das Andere verlagerten, bis man sie endlich einließ.

Und tatsächlich bemerkte ich über mir eine kleine, gläserne Halbkugel, ähnlich einem Fischaugenobjektiv eines Fotoapparats, in der sich wohl die Kamera befand.

***

Was hatte er damals zu mir gesagt, als ich ihm eröffnete heiraten zu wollen? „Du verrätst deine Ideale" und „das ist der Einstieg ins bürgerliche Leben."

Und was war das hier?

„Verräter!" brummte ich laut vor mich hin und drückte den Klingelknopf, wohl wissend erst einmal begutachtet und bewertet zu werden.

Loneliness is a coat you wear.
The dark shade of blue is always there ......

(Walker Brothers)

2

Ein zierliches, junges Mädchen, vielleicht gerade einmal achtzehn Jahre alt, mit karottenro-
ten Haaren, die zu einem Pferdeschwanz zusammen-
gefasst waren, öffnete die Türe. Sie hatte eine weiße,
fast transparent wirkende Haut und als Kontrast ein
paar kesse Sommersprossen über ihrer Stupsnase.

Sie trug ein kurzes, einfach geschnittenes, schwarzes Kleid, schwarze Lackschuhe mit halbhohem Absatz und eine kleine weiße Schürze.

***

„Sie wünschen bitte?" Sie hatte einen starken, rau-
en Akzent. Bestimmt England oder Irland.

„Ich war ein Freund von Herrn Jost und würde
gerne seine Frau sprechen", sagte ich etwas steif.

„Wen darf ich melden?" fragte sie und hielt mir kaum merklich ein kleines, silbernes Tablett entgegen. Ich nannte ihr meinen Namen und sah wie sie verstohlen und etwas verunsichert auf das noch immer leere Tablett blickte.

„Bitte warten Sie einen Moment, ich werde Sie der gnädigen Frau melden", sagte sie dann, drehte sich um und entschwand in einem Gang der links der Eingangshalle abging.

Gegenüber der Eingangstüre führte eine breite, geschwungene, mit Schnitzereien beladene Holztreppe ins Obergeschoss. Rechts und links gingen breite Flure ab. Die Halle selbst war vollgestopft mit Antiquitäten verschiedenster Stilrichtungen. Ein Sammelsurium der Geschmacklosigkeit, aber bestimmt sehr teuer. An den Wänden hingen neben ein paar wirklich bemerkenswerten Stichen aus dem neunzehnten Jahrhundert, unter anderem von A.H.Payne, R.Sands und W.H.Bartlett, eine ganze Reihe gewaltiger Ölschinken in protzenden Goldrahmen. Gelsenkirchener Barock würde ich sagen, ohne Gelsenkirchen zu nahe treten zu wollen.

Und während ich wartete und die Eingangshalle betrachtete, wurde mir plötzlich klar, wofür dieses kleine Silbertablett gedacht war und warum das

Mädchen so verunsichert wirkte, als ich das dargebotene Tablett ignorierte. Ich hatte einfach nicht daran gedacht, dass man in gewissen Kreisen bei einem Besuch eine Visitenkarte als Beleg seiner Identität abgab.

Ich persönlich besitze aber nun einmal keine Visitenkarten. Nur von meinem Brötchengeber hatte ich notgedrungen welche, auf denen mein Name und mein Titel stand. Titel sind offensichtlich heute zutage immer noch sehr wichtig. Aber diese Karten habe ich an meinen freien Tagen bestimmt nicht dabei.

***

Ich habe sowieso nie verstanden, welch ein Kult um diese Kärtchen getrieben wird, manche Leute fühlen sich regelrecht nackt, wenn sie keine dabei haben.

***

„Wenn Sie mir bitte folgen würden."

Unbemerkt war das rothaarige Mädchen wieder erschienen.

Ich folgte ihr in den Flur, in den sie vorher entschwunden war, und dessen Wände zu beiden Seiten mit Bildern, darunter einige schöne Aquarelle von Pallman, Gilbert und sogar Neuy, voll gehängt waren, bis zu einer zweiflügeligen Schiebetür mit Jugendstil Verglasung.

„Verräter!" dachte ich. Sie schob beide Flügel zur Seite und ließ mich eintreten.

Vor mir öffnete sich ein großer, rechteckiger Raum, dessen gegenüberliegende Seite komplett von einer raumhohen Fensterfront eingenommen wurde. Die Fenster wurden eingerahmt von kunstvoll drapiertem, schwerem Brokat in Grün- und Goldtönen. Hinter der Fensterfront erstreckte sich eine große Terrasse, belegt mit dem gleichen hellen Marmor, aus dem die Stufen gefertigt waren, die ich kurz vorher zum Eingang nach oben gestiegen war.

In Anbetracht der Jahreszeit, es war schon Anfang November, war die Terrasse leer. Im Sommer standen dort bestimmt komfortable Liegen oder kleine Tische mit bequemen Sesselchen, an denen man seinen Kaffee oder Tee einnahm. Wie bei Dallas im Fernsehen …

„Fängst du jetzt an zu spinnen?" dachte ich bei mir und schüttelte diesen absurden Gedanken gleich wieder ab.

Anscheinend fing das Haus mit seinem Ambiente an, von mir Besitz zu ergreifen und das durfte ich nicht zulassen - niemals!

Aber es war schon ein schöner Ausblick, den man

von der Terrasse aus genießen konnte. Wiesen und kleine Schonungen erstreckten sich bald bis zum Horizont. Nur die Kirchturmspitze weit im Hintergrund ließ erahnen, dass es dort weitere menschliche Ansiedlungen gab.

Es befanden sich neun Personen im Raum. Alle mehr oder weniger in meinem Alter.

Als die kleine Rothaarige meinen fragenden Blick bemerkte, wies sie unmerklich mit dem Kopf auf eine Frau in einem schwarzen Kostüm, die etwas abseits der anderen Anwesenden stand.

„Dies ist die gnädige Frau", sagte sie, drehte sich um, überließ mich meinem Schicksal und schloss von außen die Schiebetüren.

Mit Ausnahme der Hausherrin hatte bis dahin noch niemand Notiz von mir genommen. Sie standen alle mit gefüllten Gläsern in der Hand vor einem langen, mit Tellern und Tabletts beladenen Tisch, der wohl als Buffet gedacht war.

Aus unsichtbaren Lautsprechern war leise das Andante cantabile eines Concerto für Violine und Cembalo von Tartini zu hören.

„Passend zum Anlass", dachte ich bei mir, war aber gleichermaßen verwundert. Mein Freund Roland und klassische Musik passten nun überhaupt nicht zusammen. Aber hier passte ja so einiges nicht zusammen.

***

Wir waren immer auf einer Wellenlänge. Wir hörten Led Zeppelin, Ten Years After, Bob Dylan, Jimi Hendrix, The Doors und so weiter. Aber Klassik? Niemals!

Das war für uns die Musik des dekadenten Establishments. Obwohl ich aus einer Musikerfamilie stamme, mit klassischer Musik groß geworden bin und bei uns eigentlich niemand zum Establishment gehörte. Alle in meiner Familie waren traditionelle SPD Wähler, was aber heute auch nichts mehr zu bedeuten hat. Vielleicht war ich deshalb so negativ eingestellt. Heute liebe ich diese Musik, ohne allerdings die Interpreten zu verleugnen, die unsere Jugendzeit maßgeblich mitgeprägt hatten. Ich liebe sie noch heute.

***

Ich kam mir mit einem Mal so überflüssig vor. So, als wäre ich gerade in einen falschen Film versetzt worden.

„Was mache ich hier eigentlich?"

Um meine aufkommende Unsicherheit zu kaschieren, denn in dieser Umgebung fühlte ich mich merklich unwohl, ging ich zielstrebig auf die Frau meines Freundes zu, stellte mich kurz vor und sprach ihr ungelenk und hastig mein Beileid aus. Ich war noch nie gut in solchen Dingen.

***

Hatte ich erwartet eine distanzierte Haltung zu spüren, wurde ich angenehm überrascht.

Sie bedankte sich aufrichtig freundlich und ein angedeutet leichtes Lächeln umspielte ihre Mundwinkel in ihrem bleichen und von tiefer Trauer gezeichneten Gesicht.

Sie hatte einen angenehm festen Händedruck und eine weiche Sopranstimme.

„Ich habe Sie erwartet", sagte sie, „das heißt, ich hatte gehofft, dass Sie kommen."

Ich war so perplex ob dieser Aussage, dass mir erst einmal die Worte fehlten. Sie hat mich erwartet? Hier? Vielleicht hatte sie mich jetzt doch verwechselt.

Als sie meine Verwunderung bemerkte, sprach sie weiter.

„Roland hat in letzter Zeit häufig von früher gesprochen. Dabei fiel immer öfter Ihr Name."

„Ach so", sagte ich. Was Dümmeres fiel mir wohl gerade nicht ein. Ich brauchte einen Moment, um nachzudenken. So standen wir uns einige Sekunden schweigend gegenüber. Mir kam es wie eine peinliche Ewigkeit vor.

„An was ist er denn gestorben?" fragte ich unvermittelt. Der Schatten der Trauer überzog wieder ihr Gesicht. Sie blickte vor sich auf die Spitzen ihrer Schuhe mit dem großen D und G auf der Schnalle. Dann holte sie tief Luft, stieß einen leisen Seufzer aus, hob ihren Kopf und sah mich an.

Sie wirkte wieder gefasst, als sie antwortete.

„Den zweiten Herzinfarkt hat er nicht überlebt."

Mein Freund und zwei Infarkte? Das konnte ich mir überhaupt nicht vorstellen. Das passte nicht zusammen. Er war immer die Ruhe in Person.

Er hätte nicht einmal gezuckt, wenn neben ihm ein Böller explodiert wäre.

**

Nach meiner bescheidenen Meinung bekommt man einen Infarkt doch nur durch Stress. Eine Managerkrankheit. Aber Roland und Stress? Das war für ihn, das war für uns beide immer ein Fremdwort.

Andererseits muss ich eingestehen in meinem Berufsleben einige Situationen durchlebt zu haben, die schon heftig an die Substanz gingen, sich aber nicht vermeiden ließen, wenn man seinen Job behalten wollte.

Aber ich hatte glücklicherweise einen Konsens gefunden, die Anforderungen des Jobs zu erfüllen und
dabei meine alte Gelassenheit wieder zu finden.

***

„Kommen Sie, wir gehen nebenan", sagte sie und
holte mich so aus meinen Gedanken zurück, „dort
können wir uns ungestört unterhalten."

„Äh … ich wollte nicht weiter stören. Sie haben
Gäste", stammelte ich, obwohl ich mich eigentlich
sehr gerne mit ihr unterhalten hätte.

***

Als ich vorhin vor diesem Anwesen aus meiner
Ente gestiegen bin, hatte ich bestimmte Vorstellungen
was mich hier erwarten würde. Diese Meinung wurde noch verstärkt durch den Anblick des Sammelsu-
riums in der Eingangshalle. Doch jetzt fing alles an
zu bröckeln, ja die Dame des Hauses war mir sogar
irgendwie sympathisch.

***

„Ich wollte mich eigentlich nur nach Zeit und Ort
der Beisetzung erkundigen."

Was bin ich doch für ein gefühlloser Trottel!

Kaum hatte ich den Satz beendet, bereute ich auch
schon ihn ausgesprochen zu haben.

Ihr Gesicht wechselte den Ausdruck, so, als ob

man eine Jalousie heruntergelassen hätte; war wieder vom Schmerz ihres Verlustes gezeichnet. Und dann komme ich, der Freund ihres verstorbenen Mannes, und bohre mit meiner ungelenken Formulierung noch einen Pfeil in ihre schmerzende Seele. Plötzlich sah ich tiefe Falten um ihre Augen und die Mundwinkel, die ich vorher gar nicht bemerkt hatte.

***

„Das war`s wohl", dachte ich mir und überlegte, wie ich am geschicktesten den Rückzug antreten konnte.

Wieder ein Fettnäpfchen in das ich sehenden Auges und ohne zu überlegen hinein getreten bin. Offensichtlich eine Spezialität von mir. Das passiert mir andauernd.

***

Doch wieder überraschte sie mich.

„*Bitte* kommen Sie."

Das Wort *bitte*, auf dem die Betonung lag, klang es flehentlich oder bestimmend? Egal, es ließ irgendwie keinen Widerspruch zu.

„Und Ihre Gäste?" Ich versuchte mich nochmals, aus dieser Situation heraus zu winden.

„Die sind mit sich selbst und dem Buffet beschäftigt", sagte sie und ich glaubte, den Anflug eines Lächelns wahrzunehmen. „Das sind alles Kollegen und Geschäftspartner meines Mannes und ihre Frauen", sprach sie weiter, „die sind schon lange da und trinken und essen und reden über Geschäfte. Sie werden nicht merken, wenn wir für ein paar Minuten abwesend sind. Ebenso wenig wie sie Ihr Kommen registriert haben."

Hörte ich da so was wie leichte Verachtung in ihrer Stimme mitschwingen?

Sie öffnete die Verbindungstür zum Nebenraum, ging hinein und wartete, bis ich ihr folgte, um dann die Tür leise hinter uns zu schließen.

***

Der Raum, in dem wir uns befanden, war nicht ganz so groß wie der nebenan, aber die Hälfte meiner Wohnung würde trotzdem bequem darin Platz finden.

Auch hier gab es eine Fensterfront zur Terrasse. Davor standen ein riesiger Schreibtisch aus dunklem Holz und ein riesiger brauner Ledersessel.

***

Mein Großvater, er war Solobassist im Sinfonieorchester des Hessischen Rundfunks, hatte auch solch einen Monsterschreibtisch aus dunkler Eiche. Auf den Türen waren Schnitzereien, Weinreben glaube ich, und die Füße waren gedrechselte Holzkugeln. An diesem Tisch saß er dann immer abends und schrieb Noten oder überarbeitete Partituren. Ich stand dann ganz ehrfürchtig an seiner Seite und beobachtete fasziniert, wie er mit seinem alten Mont Blanc Füller Note um Note aufs Papier zauberte.

So lernte ich schon in frühen Jahren Noten lesen und schreiben und andere Geheimnisse der Musik.

Heute bereue ich, dass ich dieser Musik später abgeschworen hatte. Mein Großvater konnte mich auch dahin gehend nicht mehr beeinflussen. Er starb, als ich gerade vierzehn Jahre alt war.

***

Vor dem Schreibtisch standen zwei Besucherstühle mit Lehnen und Sitzflächen aus dunkelgrünem Leder, das mit Messingstiften gefasst war.

Die Wand gegenüber wurde komplett von Vitrinen Schränken aus dunklem Holz und farbigen, geschliffenen Glas eingenommen.

Links neben der Tür stand eine breite Anrichte, ebenfalls aus dem dunklen Holz wie das übrige Mobiliar. Anschließend gab es noch eine Tür, die wahrscheinlich zum Flur führte, durch den ich vor einigen Minuten gekommen war.

In der Mitte des Raums standen eine alte, englische Ledercouch und zwei dazu passende Sessel, wie man sie aus alten englischen Filmen kennt, in denen Ihre Lordschaft nach dem Essen im Club die Zigarre und den Brandy zu nehmen pflegen.

Die Sitzmöbel waren um einen großen Couchtisch mit Messingfüßen und einer Glasplatte gruppiert.

***

„Bitte nehmen Sie doch Platz.", sagte sie und wies auf die Sitzgruppe.

„Das ist das Arbeitszimmer meines Mannes."

Es war auffällig, dass sie von ihm immer noch in der Gegenwart sprach.

„Mmh … sehr schön", erwiderte ich, da mir wieder nichts Besseres einfiel und ich eigentlich solchen Pomp nicht ausstehen konnte. Noch nie ausstehen konnte, wie Roland früher auch. Was ist nur passiert, seit wir uns das letzte Mal sahen?

***

Das muss so etwa dreißig Jahre her sein. Den ersten Riss in unserer Freundschaft gab es, als ich ihm damals eröffnete heiraten zu wollen und er mich als Verräter an unserer Sache bezeichnete. Nach meiner Hochzeit zog ich in einen ruhigen, beschaulichen Kurort, den Roland geschworen hatte nie betreten zu wollen, da hier die ganzen Kapitalistenschweine

wohnen würden, die Schuld hätten an der Wohn-
raumvernichtung in unserer Stadt und eigentlich an
der ganzen beschissenen Lage der Welt.

Ein einziges Mal brach er jedoch sein Versprechen
und kam zu einer Faschingsparty, die wir damals
gaben. Er kam mit seiner damaligen Freundin, Gu-
drun hieß sie glaube ich, setzte sich in eine Ecke, ver-
nichtete eine Kiste Bier, kotzte anschließend auf den
neuen Flokati Teppich und ließ sich dann von Gu-
drun nach Hause fahren.

In der Folgezeit haben wir noch gelegentlich tele-
foniert, bis auch das eingeschlafen war.

***

„Kaffee? Sie trinken doch Kaffee, oder?"

„Ja schon, aber machen Sie sich …" „… keine Umstände", wollte ich noch sagen, aber sie hatte schon
auf einen Knopf an der Wand neben der Tür gedrückt und einige Sekunden später erschien die kleine Rothaarige, bei der sie ihre Bestellung aufgab.

Ich hatte mich zwischenzeitlich in einem der Sessel niedergelassen. Nachdem das Mädchen gegangen
war, steuerte sie auf die Couch zu und nahm mir gegenüber Platz.

„Das war übrigens Elisabeth, unser Mädchen. Sie
kommt aus Schottland."

34

Na ja, die Richtung hat wenigstens gestimmt.

„Ein liebes Ding. Traditionelle britische Erziehung. Manchmal etwas steif."

***

So saßen wir uns eine Weile schweigend gegenüber und suchten nach einem Einstieg in die Konversation. Deswegen waren wir ja eigentlich auch hierher in diesen Raum gegangen, um uns in Ruhe zu unterhalten. Und nun wussten wir beide nicht, wie wir beginnen sollten.

Sie zupfte an ihrem Rocksaum und fegte gelegentlich ein unsichtbares Stäubchen von ihrem Revers. Das war das erste Mal, dass ich sie etwas verlegen oder unsicher sah.

Ich rutschte im Sessel von einer Seite auf die andere und räusperte mich mehrmals. Ob man hier rauchen darf? Ich sah nirgendwo einen Aschenbecher stehen.

Dann klopfte es an der Tür und das Mädchen erschien mit einem großen Silbertablett, das Sie vor uns auf den Tisch stellte, und erlöste uns so aus der Verlegenheit, keinen Anfang für unsere Unterhaltung zu finden.

Sie nahm zwei hauchdünne, verzierte Porzellantassen vom Tablett und stellte sie vor uns.

***

Meine Mutter hatte früher Sammeltassen in einer Vitrine, die ähnlich aussahen. Für uns Kinder war es bei Todesstrafe verboten, diese Dinger auch nur zu berühren.

***

Als sie nach der Kaffeekanne aus Sterling Silber greifen wollte, um einzuschenken, lehnte Frau Jost dankend ab. „Danke, Elisabeth, das machen wir selbst."

Elisabeth stellte noch eine Schale mit Gebäck dazu, nickte kurz und verschwand völlig geräuschlos.

.....What have we found?
The same old fears.
Wish you were here ......

(Pink Floyd)

3

Wir rutschten nahezu gleichzeitig in eine aufrechte Sitzposition, aufrichtig froh dem Schweigen erst einmal entkommen zu sein.

„Darf ich?"

Sie griff nach der Kaffeekanne und schenkte uns beiden ein. Ein wunderbarer Duft nach frisch geröstetem Kaffee stieg aus den Tassen auf.

„Ich hoffe er schmeckt ihnen. Diese Mischung wird von einer kleinen Rösterei in Frankfurt speziell für uns zusammengestellt. Roland hat Tage in deren kleinen Kaffee verbracht und probiert, bis er diese Mischung gefunden hatte."

***

Mein Großvater saß jeden Morgen mit einer hölzernen Kaffeemühle zwischen den Knien in der Küche und mahlte die frischen Bohnen zu feinem Pulver. Dann füllte eine genau dosierte Menge Kaffeepulver aus der Mühle in eine große Kanne mit Delfter Muster. Zwischenzeitlich hatte er in einem Blechkessel Wasser auf dem Gasherd aufgesetzt. Wenn das Wasser zu kochen begann, fing der Kessel an zu pfeifen. Mein Großvater nahm dann den Stöpsel mit der Pfeife ab und goss mehrmals in Abständen von zwei bis drei Minuten kleine Mengen des sprudelnden Wassers in die Kanne.

„Der muss sich immer wieder setzen", sagte er mir, als ich ihn fragte, warum er denn nicht alles auf einmal reinschütten würde. „Wenn du alles auf einmal rein schüttest, hast du nur Satz in der Tasse."

Wenn wir alleine zu Hause waren, bekam ich auch immer eine Tasse dieses göttlichen Gebräus. Meine Mutter durfte davon natürlich nichts erfahren.

***

Viel später, wir waren damals etwa fünfzehn oder sechzehn Jahre alt, saßen Roland und ich öfter Pfeife rauchend im Kaffee und philosophierten und diskutierten über die politische Situation in Deutschland und der Welt.

Normalerweise würden zwei Jugendliche, die in

einem Kaffee sitzen und Pfeife rauchen ja auffallen, würden zumindest missbilligende Blicke der Erwachsenen auf sich ziehen. Roland und ich sahen aber, mit unseren langen Koteletten und langen Haaren, damals schon wesentlich älter aus als wir waren und so blieben wir weitgehend unbeachtet.

Das hat sich bei mir bis heute nicht geändert. Damals fand ich das toll, älter auszusehen. Man konnte unkontrolliert in Klubs gehen oder im Kino Filme sehen, die erst ab achtzehn Jahren freigegeben waren. Aber was uns am wichtigsten war, man wurde auf den Podiumsdiskussionen von den anderen Teilnehmern ernst genommen. Heute allerdings wäre mir das Gegenteil lieber. Es nervt schon, wenn man mit achtundfünfzig Jahren von Kollegen gefragt wird „… na, du hast ja auch nicht mehr so lange … wann gehst du denn?" oder „… Du Glückspilz hast es ja auch bald geschafft … zwei, drei Jahre noch, oder?"

***

Ich gab etwas Milch und einen halben Löffel Zucker in den Kaffee, rührte langsam um, nahm die Tasse samt Unterteller vom Tisch, inhalierte noch mal das Aroma und trank bedächtig den ersten Schluck. Ich ließ ihn langsam über die Zunge nach hinten gleiten und es war eine Offenbarung. Er schmeckte unvergleichlich, ein Erlebnis für meine Geschmacksner-ven. Weich, trotz des kräftigen Aromas und im Ab-gang leicht samtig, wie türkischer Mokka.

„Und?" sie sah mich fragend an.

„Ich weiß nicht was ich sagen soll. Einfach hervor-ragend!"

Wieder war ein leichtes Lächeln bei ihr zu sehen und zum ersten Mal seit meiner Ankunft sah sie auch nicht mehr so traurig aus.

„Danke", sagte sie, „Roland hätte sich auch ge-freut. Er war immer so stolz auf seinen Kaffee."

Ich stellte meine Tasse vorsichtig ab, darauf be-dacht, dass dem guten Stück nichts passiert durch meine Ungeschicklichkeit und überlegte, wie ich eine Unterhaltung in Gang bringen konnte.

Nachdem ich dies hier alles gesehen hatte, wollte ich unbedingt auch Antworten auf einige Fragen, die sich mir zwangsläufig aufgedrängt hatten. Doch die-se Sorge wurde mir abgenommen.

Sie setzte sich plötzlich gerade auf, zog ihren Rocksaum bis zum Knie, weiter ging er auch nicht mehr, legte die gefalteten Hände in den Schoß und betrachtete einen Moment die zahlreichen Ringe an ihren Fingern. Unvermittelt hob sie dann den Kopf und sah mich an.

„Ich weiß nicht so recht, wie ich beginnen soll", sagte sie.

„Geht mir genauso", erwiderte ich und wir mussten beide laut lachen.

***

War das jetzt meine gute Tat für heute? Ich hatte eine trauernde Witwe zum Lachen gebracht. Zumindest war die Atmosphäre nicht mehr so angespannt, das Eis schien gebrochen.

***

Verstohlen wischte sie sich eine kleine Träne aus dem Augenwinkel und wollte gerade zu sprechen beginnen, als die Tür zum Flur sehr geräuschvoll aufgestoßen wurde.

Im Türrahmen erschien ein junger Schnösel, vielleicht zwanzig Jahre alt, in einer Jeans, deren Hinterteil in den Kniekehlen hing, einer bestickten Jacke aus Seide, in die er offensichtlich noch reinwachsen wollte und einer Baseball Kappe, die er falsch herum auf dem Kopf trug. Hinter ihm tauchte ein Mädchen auf, etwas jünger als der Schnösel. Ihre schwarzen Haare hatten leuchtend rote Strähnen und oben auf dem Kopf einen stilisierten Hahnenkamm im gleichen Rot. Sie trug ein schwarzes Minikleid, das ihren Hintern kaum bedeckte, rote Netzstrümpfe und schwarze

41

Stiefel mit hohem Absatz. Ein kurzes Pelz Jäckchen hing lässig über ihren Schultern.

„Wenn das echt ist, war es bestimmt nicht billig", dachte ich mir. Ihr Gesicht sah aus wie das eines Zombies im Kino: Kreide weiß geschminkt, die Augen schwarze Höhlen und der Mund übertrieben rot angemalt.

Ob das auch Kondolenzbesucher waren?

„Hi Mom", sagte der Schnösel und drehte lässig einen Autoschlüssel mit einem großen, silbernen Stern um seinen Zeigefinger, „wir hau'n ab. Wird später. Nur irgend so 'n Arsch hat seinen Sperrmüll vor der Auffahrt abgestellt. Wir kommen nicht raus und deine Schleuder steht auch in der Garage."

Dieser Auftritt war Mom ziemlich unangenehm. Das war also der Nachwuchs der Elite. Na bravo!

***

„Dann fragt doch Elisabeth, ob ihr ihren Wagen haben könnt", sagte Mom.

„Der Rover steht neben dem SLK - geht auch nicht."

„Was denn überhaupt für einen Sperrmüll?" fragte Mom. „Der wird doch hier privat entsorgt und sonst würde niemand seinen Abfall hierher bringen."

„So 'n roter Blechhaufen mit vier Rädern", sagte

42

der Schnösel.

***

Dieser dekadente, verzogene Wohlstandsjüngling konnte ja damit nur meine geliebte, treue, alte Ente meinen. Ihm war also der silberne SLK, den ich bei meiner Ankunft gesehen hatte und das Hausmädchen fuhr den Range Rover. Was stand dann noch alles in der Garage? Ich wollte es gar nicht wissen. Wut stieg langsam in mir hoch. Zum zweiten Mal an einem Tag beleidigte man mein Auto. Das ist so, als ob man mich beleidigen würde. Doch ich musste mich zurücknehmen, angedenk des Anlasses meines Besuchs.

Ich erhob mich langsam aus dem Sessel und Mom sah mich erstaunt an.

„Sie wollen doch nicht schon gehen?"

Ihre Frage klang schon beinahe flehentlich.

„Nein, das nicht, aber ich bin der Arsch, dessen Auto vor der Einfahrt steht."

Betretenes Schweigen bei Mom, erwartungsfroher Blick beim Schnösel, da ja jetzt offensichtlich doch noch die Einfahrt geräumt wird. Das Mädchen sah noch immer völlig gleichgültig aus. Vielleicht hatte sie ja auch nur diesen einen Gesichtsausdruck oder sie hat lange geübt, um so auszusehen, wer weiß?

Aber meinen Spruch musste ich noch loswerden.

„Junger Freund", sagte ich nun zum zweiten Mal an diesem Tag, „ich möchte nur darauf hinweisen, dass mein Auto ein Stück Kulturgut und kein Sperrmüll ist. Dieses Auto kennt man seit über fünfzig Jahren und wird es in zwanzig Jahren immer noch kennen, während deine Karre längst vergessen ist. Merk dir das! So, und jetzt mache ich die Einfahrt frei."

Ich ging zielstrebig an ihm vorbei in den Flur in Richtung Eingangshalle, und als ich mich auf halbem Weg umdrehte, stand er mit offenem Mund an derselben Stelle und glotzte mich ungläubig an. Ich muss gestehen, dass es mich außerordentlich befriedigte ihn so getroffen zu haben. Das Mädchen zeigte immer noch keine Regung und ich machte mir nun ernsthaft Gedanken, ob sie überhaupt echt war.

***

„Avanti!" rief ich ihm laut zu, drehte mich um und ging ohne zu warten zu meiner Ente.

Erst als ich den Motor angelassen und ein Stück zurückgesetzt hatte erschienen die Beiden oben am Eingang. Er sah sich suchend um, und als er mich mitten auf der Straße mit laufendem Motor warten sah, gingen sie eilig zu ihrem Silberpfeil. Das Mädchen konnte laufen, also war sie doch echt.

***

Der Motor heulte lautstark auf und kleine Kiesel-
steinchen flogen umher, als sie mit Vollgas rückwärts
die Auffahrt hinunter rasten. Am Ende der Auffahrt,
wo die Schräge in die Waagerechte überging, knallte
die Bodengruppe heftig auf den Asphalt, was den
Fahrer aber nicht zu stören schien, denn mit durch-
drehenden Reifen raste er durch das Rondell Richtung Wäldchen.

„Tschüss Auspuff", dachte ich und klatschte leicht
Beifall für diese Vorstellung.

Da noch immer kein anderer Platz frei geworden
war, offensichtlich waren die anderen Gäste noch
vollzählig, parkte ich meinen 2CV wieder vor der
Auffahrt und ging hinauf zum Eingang. Noch bevor
ich klingeln konnte, hatte Elisabeth die Türe schon
geöffnet und geleitete mich wieder zurück zum Arbeitszimmer.

„In the days of my youth, I was told
what it means to be a man….."

(Led Zeppelin)

4

Die Dame des Hauses saß noch immer in der gleichen Position auf der Couch, wie ich sie vorhin verlassen hatte, nur der Mund war jetzt geschlossen.

Ich ging wieder zu dem Sessel, auf dem ich vorher gesessen hatte, nahm Platz, trank einen Schluck Kaffee, der sogar kalt noch schmeckte, und sah sie voller Erwartung an.

„Ich bitte Sie vielmals um Entschuldigung. Das war unser Sohn Brian und seine Freundin Charlotte. Sie wohnt in der Villa gegenüber. Ihr Vater ist Direktor einer Privatbank."

„Ist schon gut", sagte ich und überlegte dabei, warum der Bankier aus der Villa gegenüber eine Erklärung für das Benehmen der beiden Sprösslinge war.

„Oh nein", erwiderte sie entrüstet, „für dieses Benehmen gibt es keine Rechtfertigung. Das war unmöglich und ich hätte es Ihnen nicht verübeln können, wenn Sie tatsächlich gegangen wären. Einen Moment lang dachte ich Sie würden es auch tun."

Ich beschwichtigte sie in dem ich ihr glaubhaft versicherte, dass ich niemals vorgehabt hätte zu gehen. Das beruhigte sie etwas.

„Aber mit dem was Sie zu ihm sagten, haben Sie ihn ganz schön getroffen. So geschockt habe ich ihn das letzte Mal gesehen, als er als kleiner Junge von seinem Vater eine Ohrfeige bekam."

Das waren wohl einige zu wenig. Aber Roland war früher schon ein Verfechter der antiautoritären Erziehung und dies war das Ergebnis.

Seine Frau hatte sich offenbar wieder gefasst. Sie schenkte uns Kaffee nach und schob mir die Schale mit den Keksen vor die Nase.

***

Brian! Sein Sohn hieß Brian. Er hatte also tatsächlich Wort gehalten.

***

Ich kann mich noch gut an diesen unsäglichen Tag

erinnern. Es war der 3.Juli 1969, ein Donnerstag glaube ich. Wir absolvierten gerade das letzte Jahr der Fachoberschule, die Ferien standen vor der Tür und wir büffelten für die bevorstehende Abschlussprüfung. Außerdem waren wir schon voller Vorfreude auf das Wochenende denn es sollte eine riesige Party an einem Waldsee stattfinden mit viel Musik, Mädchen und Bier bis zum Abwinken.

Nach der Schule trafen wir uns immer in einem Park, machten Musik mit Gitarre, Bongos und Mundharmonika, diskutierten, lasen oder lagen einfach nur im Gras, träumten und freuten uns über den blauen Himmel.

An diesem Tag war alles anders. Kaum waren wir angekommen sahen wir einen aus unserer Clique mit wehenden Haaren und wild gestikulierend über die Wiese auf uns zu rennen. Bei uns angekommen warf er sich heulend auf den Boden und rief: „... er ist tot, er ist tot ...!"

Ich schüttelte ihn an den Schultern und schrie ihn an: „... wer? Wer ist tot?"

Wir dachten ja in erster Linie es hätte jemanden von uns erwischt. Zuviel LSD, dieses Dreckszeug gab es ja damals schon, oder etwas Ähnliches.

Er sah mich mit rot verheulten Augen an.

„Brian, Brian Jones. Ich hab´s in den Nachrichten gehört. Er lag tot im Pool."

Das traf uns wie ein Keulenschlag. Unser Brian Jones war tot. Er war unser Liebling von den Stones. Wohl auch, weil er gegen die Änderung des Stils rebellierte, den die Stones damals vollzogen. Weg von Rhythm and Blues, hin zu psychedelisch angehauchter Musik. Bei seinem letzten Auftritt mit den Stones durfte er ja auch teilweise nur noch Percussion spielen. Und einen Monat nach seinem Ausstieg war er tot. Das stank doch zum Himmel.

Roland fand als Erster seine Fassung wieder.

„Leute, wir werden morgen in der Schule einen Gedenktag einlegen. Das sind wir ihm schuldig. Und die Party wird abgesagt."

Am nächsten Tag saßen wir alle schweigend in unseren Klassenzimmern und kein Lehrer war in der Lage auch nur ein Wort aus uns heraus zu holen. Einige gaben schließlich nach der zweiten Stunde auf und schickten uns nach Hause.

Auf dem Heimweg eröffnete mir Roland, dass er seinen erstgeborenen Sohn Brian nennen würde, um ihm so ein Denkmal zu setzen.

***

Er hat es tatsächlich getan!

49

***

Ich nahm mir einen Schokokeks aus der Schale und hatte gerade ein Stück abgebissen, vorsichtig darauf bedacht den edlen Isfahan nicht voll zu krümeln, als sie mich unvermittelt fragte, ob ich zuerst meine Fragen beantwortet wissen möchte, oder ob sie beginnen sollte.

„Ihnen gehen viele Fragen durch den Kopf", sagte sie noch, bevor ich etwas erwidern konnte, „das sehe ich Ihnen an."

Ich spülte die letzten Krümel mit einem Schluck Kaffee hinunter.

„Sie haben recht", gestand ich ein, „ich kann mir auf einiges keinen Reim machen. Ich hoffe Sie verzeihen mir meine Offenheit."

„Nur zu fragen Sie. Ich bin sehr froh mit jemandem, der meinem Mann nahe stand, sprechen zu können."

Zuerst suchte ich noch nach einer geschickten Eingangsformulierung doch dann warf ich alle Hemmungen über Bord. Ich bedachte das Inventar des Arbeitszimmers mit einer ausladenden Handbewegung.

„Dies alles hier, das Haus, die Autos, die Leute da draußen", dabei zeigte ich auf den Saal nebenan, „das alles passt eben nicht zu dem Roland, den *ich* von früher kannte."

Nun war es raus. Der Anfang war gemacht und ich fühlte mich spürbar leichter und befreiter.

„Wir gehörten trotz unserer Jugend schon zur Achtundsechziger Bewegung, traten ein für soziale Gerechtigkeit. Für uns war das Establishment ein Feindbild."

Ich merkte gerade noch rechtzeitig, dass ich im Begriff war, eine Propagandarede zu halten. Also holte ich tief Luft und trank noch einen Schluck von diesem köstlichen Kaffee. Streng genommen hätte ich mich diesem Genuss verweigern müssen, da der Durchschnittsbürger, für den ich ja stellvertretend stand, sich so etwas nicht leisten kann. Zumindest nicht regelmäßig. Aber, dachte ich mir, man muss es ja nicht zu genau nehmen. Außerdem wäre es unhöflich gewesen.

„Dazu kommen noch die zwei Herzinfarkte, von denen Sie sprachen. Ich hätte jede Wette angenommen, dass er niemals etwas damit zu tun haben würde. Er war nicht der Typ dem so etwas passiert. Er war der ausgeglichenste Mensch, den ich kannte."

Tränen rannen ihr über die Wangen. Sie nahm ein kleines, mit Spitzen eingefasstes Taschentuch aus dem Ärmel ihrer Jacke und versuchte den Tränen-fluss zu stoppen.

„Entschuldigen Sie, es ist gleich vorbei."

Sie knüllte das Spitzentüchlein zusammen und stopfte es wieder in den Ärmel zurück.

„*Der* Roland, den *Sie* kannten, war offensichtlich ein anderer, als der, den ich kennenlernte. Und doch bin ich nicht ganz unschuldig daran, wie er war – oder wurde."

Ich verstand jetzt gar nichts mehr. Sie muss wohl bemerkt haben, dass mir tausend Fragezeichen um den Kopf kreisten, denn sie beeilte sich, weiter zu sprechen.

„Sehen Sie, als ich ihn kennenlernte, arbeitete er als Disponent in der Firma meines Vaters. Meinem Vater gehörte damals ein Elektronikunternehmen in der Nähe von Frankfurt."

***

Ich kann mich noch daran erinnern, dass Roland nach dem Abschluss der Fachoberschule eine Aus-bildung als Großhandelskaufmann bei einem Elekt-ronikunternehmen begonnen hatte.

Ich selbst trieb mich noch sechs Semester auf einer Fachhochschule herum und verdiente mir nebenher etwas Geld als Fotograf in einem Atelier.

War schon ein schönes Leben, damals. Vormittags verbrachte ich ein paar Stunden im Hörsaal, danach ging ich ins Atelier, wo ich hauptsächlich Laborarbeiten verrichten durfte.

Manchmal jedoch gab es auch einen Auftrag für mich. Von der Eröffnungsfeier einer ländlichen Sparkassenfiliale über nackte Mädchen für einen Kalender und Werbefotos bis hin zu Promifotos machten wir alles. Und wir waren gut.

Danach ging es zum Fußballtraining und zum Abschluss des Tages noch zu meiner Freundin. Ich vermisse diese Zeit.

Eigentlich wollte ich ja Flugzeugmechaniker werden. Ich hatte nach der Fachoberschule auch eine Lehrstelle in Hamburg bei einer großen, deutschen Fluggesellschaft – die mit dem bekannten Vogel auf dem Leitwerk – in Aussicht.

Meine Mutter hatte jedoch etwas dagegen. Sie war der Meinung, dass ich in dem Sündenbabel Hamburg – da gibt es doch die Reeperbahn – unter die Räder kommen würde.

Sie drohte mit der Einstellung jeglicher finanzieller Unterstützung, falls es mir einfallen sollte, ohne ihre Zustimmung diese Lehrstelle anzutreten.

Also gab ich nach. Natürlich nicht als folgsamer

Sohn, sondern aus purem Eigennutz.

Wenn ich sie heute darauf anspreche, leugnet sie kategorisch alles ab.

***

Als ich Roland das letzte Mal sah, bei jener unsäglichen Faschingsparty, arbeitete er noch immer in der gleichen Firma, bei der er seine Ausbildung abgeschlossen hatte. Ob das auch die Firma seines späteren Schwiegervaters war?

***

Sie strich mit einer fahrigen Handbewegung eine nicht vorhandene Haarsträhne aus der Stirn.

„Wissen Sie, ich war nicht nur Tochter von Beruf sondern ich studierte zuerst Betriebswirtschaft und fing danach in der Marketingabteilung unserer Firma an, die ich dann später auch leitete."

Sie wirkte jetzt ganz ruhig und sachlich. Es tat ihr offensichtlich gut, darüber zu sprechen.

Auch eine Art mit dem Schmerz des Verlustes umzugehen. Vergangenheitsbewältigung, die Konfrontation mit dem gemeinsam Erlebten als Katalysator.

***

„Während meines Volontariats lernten wir uns auf einer Betriebsweihnachtsfeier kennen. Ich kannte damals noch nicht so viele Mitarbeiter und ich war andererseits auch nicht als Tochter des Chefs bekannt. Darauf legte mein Vater sehr großen Wert. Roland fiel mir damals eigentlich zuerst dadurch auf, dass er alleine abseits stand. Er hatte, glaube ich, ein Bier in der Hand und beobachtete das ausgelassene Treiben. Er wirkte auf mich so einsam, so ausgeschlossen. Mit einem Wort, er tat mir irgendwie leid. Also schlenderte ich langsam und betont unauffällig auf ihn zu und sprach ihn an."

***

Mittlerweile war es, von uns unbemerkt, dunkel geworden.

Auf der Terrasse waren ein paar Laternen angegangen, die uns etwas Licht spendeten.

Es klopfte leise an die Tür und Elisabeth erschien. Der Raum hinter ihr war in helles Licht getaucht. Dadurch wirkte ihr roter Haarschopf, wie von einem Feuerkranz umrahmt.

„Darf ich Ihnen noch etwas bringen?" fragte sie und trat einen Schritt ins Zimmer.

„Ja, bitte bringen Sie mir ein Glas Amarone."

Dann sah sie mich fragend an.

„Wie ist es mit Ihnen? Was möchten Sie? Wein, Bier oder etwas Härteres?"

„Oh, vielen Dank, aber wenn ich noch so einen köstlichen Kaffee haben könnte?"

„Natürlich. Ach und Elisabeth, wenn Sie so freundlich wären und die Wandleuchten anmachen würden, die sind nicht so hell."

Die beiden venezianischen Wandlampen über der Anrichte tauchten den Raum in ein angenehmes, warmes, orange-rotes Licht.

„Was machen eigentlich unsere Gäste?" rief sie Elisabeth nach, die sich anschickte, den Raum zu verlassen.

„Sie sind noch vollzählig anwesend. Sie essen, trinken und reden." Mit dieser sachlich nüchternen Feststellung entschwand sie und schloss geräuschlos die Tür.

„Das dachte ich mir", sagte die Gastgeberin mit einem leicht ironischen Unterton, „die haben unser Fehlen noch gar nicht bemerkt."

***

So wie es aussah, würde mein Kurzbesuch doch etwas länger dauern. Aber meine Neugier war jetzt geweckt und ich wollte so viel als möglich in Erfahrung bringen.

Hauptsächlich interessierte mich die Wandlung meines Freundes. Es gab ja viele Beispiele in unserer

Generation. Leute, die sich damals auch unserer Bewegung verschrieben hatten, Jahre später in totaler Bürgerlichkeit als Bänker oder Beamte lebten. Als Teil des Establishments, gegen das sie früher zu Felde gezogen sind.

Prominentestes Beispiel ist ja wohl die Wandlung eines der führenden Köpfe der Achtundsechziger zum Bundesaußenminister. Von Jeans und Parka zum Armani Anzug. Hat ihm aber niemand übel genommen.

***

Es klopfte wieder und Elisabeth erschien mit den Getränken. Sie stellte vor ihre Chefin ein einfaches, großkelchiges Glas auf einen kleinen, silbernen Untersetzer. Der Wein hatte eine wunderbare, samt rote Farbe.

Ich bekam meinen Kaffee in einer kleinen, silbernen Kanne und eine frische Tasse. Dann lud sie das benutzte Geschirr auf ihr Tablett, deutete kurz eine Verbeugung an und verschwand.

***

Ob man hier rauchen darf? Ich hatte richtig Lust auf eine gute Zigarette zum guten Kaffee, aber bei meiner ersten Inspektion des Zimmers sah ich nirgends einen Aschenbecher.

„Entschuldigung, aber darf ich hier rauchen?"

Sie lächelte.

„Aber natürlich. Mein Mann hat ja auch geraucht, allerdings Zigarren. Deshalb hat er sich zum Rauchen immer hierher zurückgezogen, da er uns den Zigarrenqualm nicht zumuten wollte."

***

Es wurde immer toller. Sicher, Roland hatte früher auch schon geraucht, so wie ich auch. Zigaretten, meistens selbst gedrehte, oder wenn wir in Ruhe philosophierten auch mal eine Pfeife. Oder hin und wieder mal einen Joint bei einem Happening.

Aber Zigarren? Ich sah ihn im Geiste auf seinem riesigen Ledersessel hinter seinem riesigen Schreibtisch thronen mit einer riesigen Havanna im Gesicht. Nein. Beim besten Willen, das passte nicht.

***

„Wenn Sie so freundlich wären. In der linken Schublade der Anrichte finden Sie einen Ascher."

„Oh, danke."

Ich stand auf, ging zur Anrichte und zog die linke Schublade ein Stück auf. Neben einem kleinen Humidor und diversen Schneidewerkzeugen, mit denen wohl Zigarren bearbeitet werden, fand ich einen großen Porzellanaschenbecher mit dem für

Versace typischen Mäandermuster.

Ich setzte mich wieder in den Sessel, stellte den Ascher vor mich auf den Tisch, schenkte mir eine Tasse dieses göttlichen Kaffees ein, rührte etwas Milch und Zucker hinein, zündete mir genüsslich eine Zigarette an und wartete gespannt auf die Fortsetzung der Geschichte.

„... and the vision that was planted in my brain
still remains
within the sound of silence."

(Simon and Garfunkel)

5

Ich fragte ihn, warum er so abseitsstehen würde",
nahm sie die Erzählung wieder auf, „und ob ich
ihn vielleicht mit ein paar Kollegen bekannt machen
solle. Dabei kannte ich ja selbst nicht so viele, wie ich
schon sagte. Er sah mich lächelnd an, schüttelte den
Kopf und sagte nur kurz und trocken, dass er solchen
Veranstaltungen nichts abgewinnen könne."

***

Da war er wieder. Das war mein Freund, wie ich
ihn kannte.

Er redete nie viel, brachte alles kurz und prägnant
auf den Punkt. Ich kann mich noch an eine Diskussi-

on mit Regionalpolitikern in der Aula unserer Schule erinnern. Nach dem die Politiker lange und ausdauernd geredet und dabei nichts gesagt hatten, stand Roland auf, schleuderte ihnen in aller Kürze eine Reihe von Fakten und Meinungen an den Kopf, setzte sich wieder und stellte für sich die Diskussion ein, da ja nun alles gesagt sei und es folglich keinen Grund mehr gäbe weiter zu diskutieren.

***

„Mühsam versuchte ich, eine zwanglose Konversation in Gang zu bekommen. Anfangs zeigte er sich ziemlich einsilbig und ich überlegte schon, ihn einfach wieder sich selbst zu überlassen. Doch dann wurde er zunehmend aufgeschlossener und damit einhergehend auch etwas gesprächiger."

***

Ich hatte ihn eigentlich nie gesprächig erlebt. Im Gegenteil.

Manchmal saßen wir in seiner Bude auf dem Boden, jeder in seiner Ecke, in der Mitte vor uns eine Kiste Bier, hörten stundenlang Musik und rauchten, ohne auch nur ein einziges Wort zu sagen.

Unterbrochen wurde die selbst auferlegte Schweigsamkeit nur, wenn seine Mutter ins Zimmer herein platzte und sich über den Krach – sie nannte es Affenmusik – und den Qualm beschwerte.

Dann stolperte sie im Halbdunkel – die einzige Lichtquelle waren ein paar Kerzen – über die Bierkiste Richtung Fenster um die Vorhänge aufzuziehen und das Fenster zu öffnen, damit wir nicht erstickten.

Als sie dann auf halbem Weg ein Lebenszeichen ihres Sohnes in Form eines tiefen Grunzlautes vernahm, war sie wieder beruhigt und fragte, ob sie uns etwas Essbares bringen solle, was von ihrem Sohn mit einem „als her damit" quittiert wurde.

Damit wurden wir wieder der Schweigsamkeit und der Musik überlassen. Zumindest solange bis ein riesiges, mit belegten Broten, Gurken und Frikadellen beladenes Tablett durch die Türe gereicht wurde.

***

„So erfuhr ich, dass er bereits seit seiner Lehrzeit in unserer Firma war und nach erfolgreichem Abschluss zuerst in der Warenausgangskontrolle eingesetzt wurde. Als dann in der Disposition eine Stelle frei wurde, bot der Personalchef ihm an sich dort zu versuchen, was er auch tat. Mit Erfolg wie sich herausstellte."

Ich schenkte mir noch etwas Kaffee nach und zündete mir eine weitere Zigarette an. Es versprach eine lange, und interessante Unterhaltung zu werden.

Ich hoffte nur, dass mein Vorrat an Zigaretten ausreichen würde.

„Nach einer Weile vertraute er mir an, dass er in seiner Abteilung wegen seiner Art und seines Äußeren etwas gemieden wurde. Na ja, was soll ich sagen? Er fiel schon gegenüber den anderen Kollegen auf mit seinen etwas längeren Haaren und dem breiten Backenbart. Auch seine Art sich zu kleiden. Selbst auf der Weihnachtsfeier trug er Jeans, Wildledersteifel und eine ziemlich formlose Jacke, während auch die jüngeren Mitarbeiter in der Firma Anzug oder zumindest eine Kombination trugen. Aber vielleicht gefiel er mir damals gerade deswegen. Weil er eben anders war als die Anderen.“

***

Ich konnte das gut nachvollziehen, da es mir im Laufe meines Berufslebens ganz ähnlich ging. Auf der Schule noch nicht, da war ich auch nur einer unter vielen. Auch nicht im Fotostudio. Da durfte man, wie mein Chef sich ausdrückte, ruhig etwas intellektueller aussehen.

Aber als ich dann, nach dem gescheiterten Versuch meine Ausbildung in Hamburg zu machen, eine Lehrstelle bei einem renommierten Architekturbüro antrat, eckte ich mit meinem Aussehen sofort an. Ich

63

musste mir die Haare schneiden lassen und mir den Bart stutzen. Außerdem musste ich mit Hemd und Krawatte erscheinen und den ganzen Tag auch noch mit einem weißen Kittel herumlaufen. Eine Weigerung hätte gleich den Rausschmiss zur Folge gehabt.

Wie weit man sich doch prostituieren musste, nur um eine gescheite Ausbildung und damit Zukunftssicherung zu erhalten.

Nach Feierabend wechselte ich sofort die Klamotten, schlüpfte in meine Jeans und T-Shirt, zog meine Wildleder Halbstiefel und die verwaschene Levis Cordjacke an, die meine Mutter dauernd wegwerfen wollte, da man sich ja vor den Nachbarn schämen musste, wenn der Sohn mit einer solch vergammelten Jacke herumläuft, und fühlte mich wieder als Mensch.

***

„Ich hatte den Eindruck, dass er sehr schwer Anschluss fand oder gar nicht erst suchte. So unterhielten wir uns noch eine ganze Zeit, hauptsächlich über Politik, der offensichtlich sein Hauptinteresse galt und natürlich Musik. Bei gewissen politischen Themen wurde er richtig, wie soll ich es beschreiben, ja aggressiv ist der richtige Ausdruck."

Sie nippte an ihrem Weinglas.

„Als er mir dann noch eröffnete, dass er Kommunist sei, war ich regelrecht geschockt. Ein leibhaftiger Kommunist. Sie müssen das verstehen. Ich kam ja aus einem konservativen Unternehmerhaus und Kommunisten, so haben wir es gelernt, waren Schreckgespenster, die man meiden sollte wie der Teufel das Weihwasser. Und nun stand einer vor mir und ich unterhielt mich mit ihm und ich fand ihn auch noch nett. Er hatte überhaupt nichts Schreckliches. Im Gegenteil."

Gedankenverloren starrte sie in das Glas, während sie es langsam in den Händen drehte.

Ich hatte den Eindruck, dass sie nun endgültig in der Vergangenheit angekommen war und sie auch akzeptierte. Ohne Schmerz darüber zu reden. Vielleicht auch erleichtert, sich mitteilen zu können.

„Kurz nach dem wir beschlossen hatten uns zu duzen, kam eine Kollegin vorbei und bat mich doch einmal mit ihr zu kommen und mit einem Augenzwinkern versprach sie mich gleich wieder zurück zu schicken. Als ich nach etwa zehn Minuten wieder zurückkam, war Roland weg. Ich suchte die ganze Halle ab doch er blieb verschwunden. Er war wohl gegangen, hatte keine Lust auf mich zu warten. Soll er doch, dachte ich, aber er ging mir die ganze Nacht nicht aus dem Kopf. Ich überlegte, ob ich meinem Vater sagen sollte, dass einer seiner Angestellten ein Kommunist war. Nein! Ich verwarf den Gedanken schnell wieder. Mein Vater hätte ihn unter irgendeinem Vorwand entlassen und ich hätte ihn nie wieder gesehen."

Sie lächelte und sah an mir vorbei in eine längst vergangene Zeit.

„In den nächsten Wochen nach der Weihnachtsfeier sah ich ihn überhaupt nicht. Erst nach Neujahr begegneten wir uns gelegentlich in der Firma, und das auch nur, weil ich bei jeder Gelegenheit einen Umweg über das Stockwerk machte, in dem die Disposition untergebracht war.

Aber mehr als ein *Hallo* tauschten wir dabei nicht aus. Das ging wochenlang so, bis ich mir allmählich dumm dabei vorkam, wie ein Schulmädchen hinter einem Jungen herzulaufen. Also ließ ich die Abstecher bleiben und dachte, dass ich ihn so vergessen würde.

Anfänglich funktionierte das auch, doch irgendwie hatte er tief in mir Eindruck hinterlassen. Und das, obwohl wir ja nur wenige Worte gewechselt hatten. Jedenfalls hatte ich nach einigen Tagen des Ignorierens wieder das Bedürfnis ihn zu sehen und mich mit ihm zu unterhalten. Also machte ich wieder meine täglichen Abstecher in seine Abteilung. Er nahm mich wieder zur Kenntnis. Er grüßte mich. Aber das war es dann auch. Kein Versuch einer persönlichen Unterhaltung. Nichts!

Ich überlegte schon, diese Posse endgültig zu beenden. Andererseits könnte ich der Sache ja noch eine allerletzte Chance geben in dem ich die Initiative ergreifen würde. Das wiederum widersprach meiner konservativen Erziehung. Während dieses Überlegungsprozesses kam alles ganz anders.

Eines Tages, es war ein Freitag, ging ich später als gewöhnlich zum Essen in die Kantine. Ich hatte, glaube ich, ziemlich schlechte Laune und kaute lustlos auf dem gebackenen Fisch herum, den es freitags immer in der Kantine gab.

Ich registrierte erst gar nicht, dass jemand vor mir stand und mich ansprach. Zuerst sah ich ein Stück einer verwaschenen Jeans über der Tischkante, und als ich meinen Blick hob, sah ich zu meiner Verwunderung, dass Roland vor mir stand.

„Bei dir ist doch noch frei oder?" sagte er bestimmend, setzte sich mir gegenüber und knallte sein Tablett auf den Tisch.

Ich war völlig perplex können Sie sich vorstellen.

Ich konnte erst einmal gar nichts sagen. Jetzt hatte ich die Möglichkeit auf die ich seit Wochen gewartet, ja die ich erhofft hatte und ich war sprachlos."

***

Rolands Verweigerung unnötiger Konversation, wie er es ausdrückte, führte schon sehr früh dazu, dass er außer mir nur noch wenige Freunde oder Bekannte hatte. Von Mädchenbekanntschaften ganz zu schweigen.

Auf der Fachoberschule hatten wir zwangsweise ein Schulabonnement für das Theater und die Oper. Turnusmäßig mussten wir uns dann entweder ein Theaterstück, eine Oper oder eine Operette ansehen.

Das war Pflicht und es gab kein Entrinnen, wenn man keinen Ärger mit dem Direktor haben oder seine Noten versauen wollte.

An einem Dienstag oder Mittwoch im Oktober, jedenfalls mitten in der Woche, mussten wir zur Aufführung von Mozarts *Entführung aus dem Serail*.

Nicht nur, dass ich diese Oper noch nie mochte, nein, die Aufführung, bis auf die Besetzung der Konstanze, war eine Katastrophe.

So beschlossen Roland und ich, nach dem ersten Akt zu flüchten. Unbemerkt von den beiden Lehrern die uns beaufsichtigen sollten gelang es uns das

Opernhaus zu verlassen und in einer gemütlichen Kneipe schräg gegenüber Zuflucht zu finden.

Nach dem wir uns jeder zwei Pils bestellt hatten, eins für den Durst und eins zum Genießen wie Roland es formulierte, kamen zwei Mädchen in unserem Alter an unseren Tisch und fragten, ob sie sich zu uns setzen könnten. Roland ignorierte die Beiden, also forderte ich sie auf, Platz zu nehmen.

Kaum hatten sie sich gesetzt, als sie schon munter darauf losplapperten, uns ihre ganze Lebensgeschichte erzählten und was sie schon für ein Pech mit ihren Freunden hatten. Offensichtlich waren sie auf der Suche.

Roland konnte sich gelegentlich mal ein *mmh ... mmh* abringen. Ansonsten schwieg er beharrlich. Eines der Mädchen bemerkte mir gegenüber, „dein Freund ist aber nicht sehr gesprächig."

Das ging so lange bis aus der Music Box, deren Existenz ich bis dahin noch gar nicht wahrgenommen hatte, *Ob-La-Di, Ob-La-Da* von den Beatles erklang.

In diesem Moment sprang Roland auf und brummte: „Plastik Pop – ich zieh den Stecker raus!"

Die beiden Mädels sahen ihn verwundert an und eine ließ sich zu der Bemerkung hinreißen: „... er kann ja reden!"

Roland zog den Stecker aus der Musicbox, daraufhin kam es zu einer lautstarken Auseinandersetzung mit dem Wirt und einigen Gästen, in deren Verlauf wir hinausgeworfen wurden und Lokalverbot erhielten.

Auf unserem Heimweg legten wir noch einige Zwischenstopps ein, um unseren Frust zu ertränken. Als wir gegen ein Uhr durch eine Grünanlage wankten, die uns noch von unserer Straße trennte, wunderten wir uns, dass einige Polizisten mit Taschenlampen durch die Büsche schlichen. Die Antwort bekamen wir fünf Minuten später als wir in unsere Straße einbogen.

„Da kommen sie, da kommen Sie!" hörte ich meine Großmutter aus dem Fenster brüllen und unsere Mütter kamen uns völlig aufgelöst entgegen gerannt.

„Wo wart ihr? Wir haben schon die Polizei alarmiert! Wir wollten euch von der Oper abholen und ihr wart nicht da."

Wie peinlich ...!

***

Frau Jost rief nach Elisabeth, die sofort und geräuschlos erschien, und bestellte sich noch ein Glas Wein. Ich nahm noch einen Kaffee, da ich ja nicht wusste, wann ich wieder so etwas bekommen würde und, falls es keine Umstände macht, einen Grappa.

Natürlich machte es keine Umstände.

Sie wartete, bis ich mir einen weiteren Kaffee eingeschenkt und eine weitere Zigarette angesteckt hatte und fuhr dann mit ihrer Erzählung fort.

***

„Auf seinem Tablett hatte er einen Teller mit Currywurst und Pommes Frites mit jeder Menge Mayonnaise. Dazu noch zwei runde Schokoladenkuchen mit Fettglasur und eine große Flasche Cola. Mir begann sich der Magen umzudrehen, als ich ihm zusah, wie er das alles in sich hinein schaufelte.

„Der Fisch taugt nix", bemerkte er kauend und, „hättest dir lieber auch was Gescheites holen sollen."

Langsam gewann ich meine Fassung wieder und so begann so etwas wie eine Unterhaltung, in deren Verlauf er mich plötzlich fragte, ob ich nicht Lust hätte mit ihm abends in einen Jazzkeller zu gehen.

Ohne zu überlegen willigte ich ein und wir verabredeten einen Treffpunkt im Stadtzentrum.

Nachdem er aufgegessen hatte, sagte er, dass er noch eine rauchen müsste, stand auf und ging.

Auf dem Weg zu unserem Treffpunkt überkam mich ein Gefühl von Lampenfieber, so wie beim ersten Rendezvous, und ich schalt mich dafür.

Er kam viel zu spät. „Das ist meine akademische Viertelstunde", meinte er nur, als ich ihm sagte, dass ich schon länger wartete.

Dann nahm er mich am Arm und zog mich mit sich. Am Ende einer kleinen Seitenstraße blieb er vor einem Hauseingang stehen. „So, da wären wir", sagte er und wollte die Haustüre öffnen.

Mir kam das alles sehr seltsam vor. Ich konnte nirgendwo einen Hinweis auf einen Club oder Ähnliches erkennen, so wie bei den Lokalitäten die ich kannte.

Er bemerkte mein Zögern und meinte ich solle einfach mitgehen. Wir stiegen eine Kellertreppe hinab und kamen in ein ganz normales, altes Kellergewölbe. Nicht einmal die Wände waren verputzt. Der Raum war nicht besonders groß und schon ziemlich voll. An den wenigen Tischen war kein Platz mehr frei. Roland zog mich direkt an die Theke und bestellte zwei Bier und zwei Calvados. Für das Bier bekamen wir nicht einmal Gläser. Können Sie sich vorstellen, wie ich mich fühlte?"

„Ja, kann ich", erwiderte ich, „ich kenne den Laden. War früher dort Stammgast. Und nach einem Glas hatte eigentlich nie jemand verlangt. Das war halt so. Also ich fand es immer ausgesprochen gemütlich. Und die Musik war immer Klasse."

***

Dieser Jazzkeller und das in der gleichen Gasse ge-
legene Jazzhaus waren über Jahre wie eine zweite
Heimat für uns.

Wenn wir etwas Geld hatten, gingen wir zuerst
auf eins, zwei Bier ins Jazzhaus, einem unheimlich
schmalen, alten Gebäude, in dem man auf zwei Ebe-
nen Jazz vom Band hören, etwas trinken und sich
unterhalten konnte.

Der Laden war immer so voll, dass derjenige, der
das Glück hatte, hinein zu kommen kaum noch eine
Chance hatte wieder hinauszugelangen.

Wer auf der oberen Ebene etwas trinken wollte,
rief seine Bestellung über die Brüstung nach unten,
legte Geld in einen Korb und lies diesen dann mittels
Flaschenzug nach unten. Unten wurde der Korb
dann mit den bestellten Getränken gefüllt und man
konnte ihn wieder hochziehen.

Wenn später am Abend dann der Jazzkeller öffnete, wechselten wir dorthin.

Meistens waren wir so klamm, dass wir uns neben
dem Eintritt höchstens ein Bier leisten konnten. Aber
das machte nichts. Die Atmosphäre war einfach toll.
Fast jeden Abend gab es Live Musik, und wenn man

73

Glück hatte, konnte man einen der lokalen Jazzgrößen sehen, wie Mangelsdorf, Kriegel oder Doldinger.

Es war eine wunderbare Zeit.

***

„Ich war von Hause aus etwas anderes gewohnt und selbst während meiner Studienzeit blieb ich den Studententreffs fern. Mein Vater wollte nicht, dass ich mit diesen Unruhestiftern, wie er sich ausdrückte, verkehrte. Er war während seines Studiums noch in einer schlagenden Verbindung. Da ging es noch um Ehre, Ordnung und Disziplin erzählte er mir immer wieder."

„Haben Sie sich denn nie dagegen aufgelehnt?" fragte ich und musste gegen meinen aufkommenden Zorn ankämpfen. „Leute mit dieser Ideologie haben unser Land schon einmal in den Untergang geführt."

Nachdenklich sah sie in ihr Glas.

„Nein, nicht wirklich. Im Grunde war ich immer die folgsame Tochter. Das ist auch das, was ich meinte als ich eingangs sagte ich sei nicht ganz unschuldig an Rolands Wandel."

The gate is straight, deep and wide
Break on through to the other side…..

(The Doors)

6

„So wie Sie ihn bisher geschildert haben, hatte er sich aber noch nicht viel verändert", warf ich ein und zündete mir die nächste Zigarette an.

***

„Nein, aber der Wandel vollzog sich langsam und eigentlich von ihm unbemerkt. Wenn ich es recht überlege, seit unserem Abend in diesem Jazzkeller.

Gegen Mitternacht sagte ich ihm, dass ich langsam nach Hause müsste, da sich meine Mutter sonst sorgen würde. Er lachte nur und meinte, ich sei doch wohl schon volljährig und somit könne ich kommen und gehen, wie es mir belieben würde.

Ich bedrängte ihn so lange weiter, bis er schließlich nachgab, und versprach, mich nach dem nächsten

Bier nach Hause zu bringen.

Ich hatte meine Mutter schon vorgewarnt, dass ich eventuell jemanden mitbringen würde. Da sich mein Vater zufällig auf Geschäftsreise befand, willigte sie zögernd ein.

Wir schlenderten schweigend durch die Stadt zu der ruhigen Seitenstraße, in der ich mein Auto geparkt hatte. Als ich die Wagentüre aufschloss, sagte er plötzlich, dass er zwei Straßen weiter aufgewachsen wäre. Dann schwieg er wieder und stieg ein."

Ich musste schmunzeln.

„Ich sehe Sie kennen die Gegend."

„Ja, wir sind in der gleichen Straße aufgewachsen, quasi Tür an Tür."

Jetzt musste auch sie lächeln, „na dann …"

„Da ich damals, wie schon erwähnt, bei meinen Eltern wohnte, die ein großes, altes Haus im Taunus besaßen, dauerte die Fahrt gute dreißig Minuten.

Das Einzige was ich während dieser Fahrt von ihm zu hören bekam, waren irgendwelche Schimpftiraden wegen der schlechten Musik im Radio. Er drehte unentwegt die Skala rauf und runter, bis er irgendwann das Radio ganz ausschaltete.

Als wir dann durch das schmiedeeiserne Tor in die Auffahrt zum Haus meiner Eltern einbogen, sah ich, wie er sich in seinem Sitz etwas versteifte, ja fast eine abwehrende Haltung einnahm.

Als ich dann neben der Treppe, die zum Eingang führte, das Auto abstellte, sah er mich kurz an, stieg aus und meinte, ich sei ja jetzt unversehrt angekommen und ob ich ihm den Weg zum Bahnhof zeigen könnte.

Das hatte ich fast befürchtet. Ich bat ihn, doch erst einmal auf einen Drink mit hereinzukommen. Als er noch zögerte, sagte ich ihm, dass mein Vater nicht da sei und meine Mutter und das Personal bestimmt schon lange schliefen, was ich insgeheim auch hoffte.

Er trat ein paar Schritte zurück und musterte das ganze Gebäude von oben bis unten. Dann brummte er irgendwas wie *toller Bunker* oder so ähnlich, und *gibt's bei euch auch Bier?*

Als ich dies bejahte, gab er sich einen Ruck und ging mit hinein.

Ich wollte mit ihm direkt in die Küche gehen, um zu sehen, ob die Köchin noch etwas Essbares kalt gestellt hatte und ob Bier im Kühlschrank war.

Als ich mich umdrehte, stand Roland mitten in der Eingangshalle und sah mit offenem Mund nach oben.

Ich muss dazu sagen, dass die Halle nach oben über alle drei Stockwerke offen und mit einer Stahl-

Glaskuppel überspannt war. Schon ein imposantes Bauwerk.

Nur mir, die ich darin aufgewachsen bin, fiel das nicht mehr auf, war das selbstverständlich.

Als er sich endlich von dem Anblick losgerissen hatte, gingen wir in die Küche. Dort fand ich noch Roastbeef und Erbsen und ein paar Flaschen Bier.

Wir setzten uns an den großen, gescheuerten Holztisch und nahmen ein verspätetes Abendessen oder vorgezogenes Frühstück ein. Je nachdem wie man es um halb drei morgens sehen möchte.

Während des gesamten Essens war er sehr ernsthaft, ja fast in sich gekehrt.

Wir unterhielten uns über alles Mögliche aber er blieb dabei ganz ernst. Seine manchmal etwas burschikose Art war wie weggeblasen.

Zwischendurch fragte er immer wieder wie es sei, in solch einem Haus zu leben, in dem die Küche schon doppelt so groß, wie das Wohnzimmer seiner Eltern sei, und wie man sich als Tochter eines reichen Unternehmers fühlt.

Gegen fünf Uhr brachte ich ihn dann zum Bahnhof, wo er kurz darauf den ersten Zug nahm.

Ich fuhr zurück, legte mich ins Bett und versuchte etwas zu schlafen, aber mir ging unser Gespräch in der Küche nicht mehr aus dem Kopf."

***

Ich konnte mir schon denken, was in ihm damals vorgegangen ist. Es war seine erste *richtige* Begegnung mit Reichtum.

Bis dahin waren *die Reichen* für ihn doch mehr abstrakt gewesen.

Das waren die mit dem Geld und der Macht.

Die, die das Regularium schufen, nach dem wir leben müssen.

Die, die für ihren Profit über Leichen gehen.

Die, die einer Familie die Wohnung nehmen, um sie, luxussaniert, teuer zu verkaufen, oder ganze Häuserblocks entmieten, um an deren Stelle Büropaläste oder Kaufhäuser zu errichten.

Die, die uns einen Job geben, aber auch wieder nehmen können.

Alles war irgendwie ungerecht verteilt.

Und nun war er erstmals in einem Tempel der Mächtigen, in einem Tempel des Klassenfeindes, mit einem Mädchen, das eigentlich auch dazugehörte, aber doch so ganz anders war.

In einem Haus, das, wenn man es für sich betrachtete, eine Schönheit war. In dieser Zeit damals vielleicht ein Anachronismus, aber ästhetisch schön.

Heute besinnt man sich glücklicherweise wieder der Vollkommenheit dieser Stilepochen.

Er war offensichtlich verwirrt. Gedanklich transportierte er sich in diese Umgebung, überlegte ob er in der Lage sein könnte, auch so zu leben.

Dazu müsste er aber seine Ideale verraten.

Das muss schon ein kleiner Krieg gewesen sein, der da in ihm tobte.

***

„In der darauf folgenden Woche wartete ich vergeblich auf ein Zeichen von ihm. Mitte der Woche ging ich dann in seine Abteilung. Er saß verbissen an seinem Schreibtisch nahm von niemandem Notiz.

Um die Mittagszeit ging ich wieder hin. Es war ein unverändertes Bild. Also fasste ich mir ein Herz, ging in das Büro – seine Kollegen waren schon essen gegangen – und sprach ihn an.

Er war noch genauso ernst, wie er am Freitag zuvor in unserer Küche gesessen hatte.

Wir verabredeten, uns jetzt täglich zur gleichen Zeit in der Kantine zu treffen, und den kommenden Freitag wollten wir wieder zusammen ausgehen.

Wir trafen uns also wieder an der gleichen Stelle wie in der Woche zuvor. Doch diesmal war er schon vor mir da. Und diesmal wollte er auch in keinen

Club oder in diesen Keller. Er nahm mich mit in ein großes, aber sehr ruhiges Kaffee.

Hier sei er früher schon öfter mit einem Freund gewesen, da man hier in Ruhe diskutieren und philosophieren konnte."

„Das stimmt", sagte ich und zündete mir eine Zigarette an, „dieser Freund war ich. Ich musste vorhin genau daran denken."

Sie lächelte wieder.

„Ich fragte ihn, was mit ihm los sei, er habe sich so verändert. Doch statt einer Antwort fragte er mich ununterbrochen über alles Mögliche aus.

Wie meine Eltern so seien und wie meine Kindheit war. Was das für ein Gefühl sei, in solch einem Haus zu leben und wie es sei, wenn der Vater ein Großunternehmer ist.

Er brachte mich später noch zum Auto, wollte aber diesmal nicht mitfahren.

Wir trafen uns nun regelmäßig in diesem Kaffee. Es wurde schon eine richtig liebe Gewohnheit.

Langsam breiteten wir gegenseitig unser Leben aus, was bis dato unterschiedlicher kaum verlaufen sein konnte.

Wir trennten uns immer an meinem Auto aber irgendwie merkte ich doch, dass eine gegenseitige Zuneigung da war. Ja, dass diese Zuneigung immer stärker wurde.

Eines Tages, ich hatte mich schon auf die übliche Verabschiedung eingerichtet, fragte er, ob es mir etwas ausmachen würde, wenn er mitkäme.

Machte es natürlich nicht. Im Gegenteil. Ich konnte meine Freude kaum verbergen.

Wie es der Zufall wollte, weilten meine Eltern gerade zu einem Opernbesuch in Mailand und wurden erst zwei Tage später zurück erwartet.

So saßen wir die halbe Nacht in unserer Küche, aßen, tranken und redeten. Und diese Nacht blieb er bei mir. Die erste von vielen folgenden Nächten, wenn es die Situation erlaubte, und es war wunderschön. Er war so verändert, so einfühlsam und verständnisvoll."

Bei der Erinnerung daran fing sie an zu weinen.

Verständlich dachte ich, wenn man sich an die schönsten Stunden oder Tage in seinem Leben erinnert, aber derjenige, mit dem man seine Erinnerungen teilen möchte, so abrupt aus dem Leben gerissen wurde.

Sie hatte wieder ihr kleines Spitzentuch aus dem Ärmel ihrer Jacke gezogen und tupfte sich die Tränen weg.

Ein kleiner, kaum hörbarer Schluchzer, und sie war wieder gefasst.

Eine starke Frau.

„Entschuldigen Sie bitte, aber es ist alles noch so frisch."

Ich wollte gerade etwas erwidern, als sie sich kurz räusperte und die Erzählung wieder aufnahm.

„Aber nicht nur sein Wesen wandelte sich zunehmend, nein, auch sein Äußeres veränderte sich. Nur zu seinem Vorteil, wie ich fand.

Als ich ihn ein paar Tage später in seinem Büro besuchen wollte, hätte ich ihn fast nicht erkannt. Seine Haare waren geschnitten, und bis auf Oberlippen- und Backenbart war er rasiert.

Und nicht nur das, auch seine Kleidung war völlig anders. Er trug eine graue Hose, eine schwarze Clubjacke, einen weißen Rollkragenpullover und schwarze Halbstiefel. Er sah richtig chic aus."

***

Das erinnerte mich an die Mitte der 60er Jahre, als Roland und ich mit einigen anderen in einem ähnlichen Aufzug durch die Straßen zogen.

Mit Beatle-Frisur, Kellerfaltenhose und spitzen Halbstiefeln. Dazu Rollkragenpullover und Langjacke mit Stehkragen.

Uniformiert wie später in Kubricks *A Clockwork Orange*. Nur nicht ganz so ausgefallen.

***

„Eines Tages fasste ich den Entschluss meine Eltern einzuweihen und die Erlaubnis einzuholen, Roland offiziell mit nach Hause bringen zu dürfen.

Also ging ich abends mit Herzklopfen in das Arbeitszimmer meines Vaters, der an seinem Schreibtisch vor einem Berg Akten saß, die unvermeidliche Zigarre im Mund.

Es ist übrigens der Schreibtisch dort drüben. Als mein Vater starb und meine Mutter das Haus verkaufte, brachte ich es nicht übers Herz ihn wegzugeben. Irgendwie gehört er ja zu unserer Geschichte, dachte ich.

Ich beichtete also meinem Vater, dass ich einen Freund hätte und bat um die Erlaubnis, ihn mitbringen zu dürfen.

Zuerst dachte ich ihm würde die Zigarre aus dem Mund fallen. Er starrte mich einen Moment mit offenem Mund an. Doch dann hatte er schnell seine Fassung wieder gewonnen.

Er stand auf, erteilte mir den Befehl sofort in die Bibliothek zu gehen und dort zu warten.

Dann ging er hinaus und brüllte durchs ganze

Haus nach meiner Mutter. Kurze Zeit später tauchten beide in der Bibliothek auf und setzten sich mir gegenüber.

Mein Vater im Hemd – normalerweise lief er nicht einmal zu Hause ohne Sakko herum – kaute nervös auf seiner Zigarre und meine Mutter im Morgenmantel, hochgesteckten Haaren und Creme im Gesicht, bildeten das Tribunal.

Mein Vater forderte mich dann auf, mein Anliegen noch einmal vorzubringen.

Danach wurde ich vom Familienrat mit Fragen bombardiert. Wer ist er? Wo kommt er her? Was ist er? Kennen wir seine Familie? Wie sind seine finanziellen Verhältnisse?

Als ich dann völlig eingeschüchtert, aber doch trotzig erklärte, dass mein Freund in unserer Firma angestellt sei, machte sich erst einmal betretenes Schweigen breit.

Wie immer war es mein Vater, der zuerst die Sprache wieder fand. Er gab mir zu verstehen, dass es nicht in Frage käme, einen seiner Angestellten zu ehelichen.

Ich fing an zu weinen und erwiderte, dass ja niemand von Heiraten gesprochen hätte. Daraufhin stand meine Mutter auf, legte ihre Hand auf meine

Schulter und meinte, zu meinem Vater gewandt, man könne sich den jungen Mann ja mal ansehen. Mein Vater gab nach.

Also wurde für die kommende Woche ein Termin vereinbart, an dem ich ihn der Familie vorführen durfte.

Ich befürchtete, dass Roland, wenn ich ihm davon berichtete, einen Anfall bekommen würde. Oder noch schlimmer, dass er unsere Beziehung beenden würde. Ich kannte ja seine Einstellung, und ehrlich gesagt konnte ich sie nun sogar verstehen. Zumindest teilweise.

Am nächsten Abend versuchte ich ihm schonend beizubringen, was ihn erwartete. Ich war auf alles gefasst, doch statt der erwarteten aggressiven Reaktion freute er sich richtig auf dieses Treffen. Ich war sprachlos.

Als dann der große Tag kam, wollte er, dass ich ihn am Bahnhof abhole, da sein Auto kaputt sei – er fuhr damals so einen Renault, ich glaube einen R4."

***

Roland kaufte sich diesen R4 kurz nachdem ich mir meinen 2CV gekauft hatte – natürlich beide schon gebraucht.

Von wegen kaputt. Es war ihm einfach peinlich

mit diesem Auto bei dieser Nobelherberge vorzufahren. Im Gegensatz zu mir. Ich fahre meine Ente heute noch und ich liebe sie und bin stolz darauf.

Die Metamorphose war schon deutlich fortgeschritten.

Ich holte meine letzte Zigarette aus der Packung und war auf die Fortsetzung gespannt.

***

„Ich fuhr also zum Bahnhof um ihn abzuholen und traute meinen Augen nicht, als ich ihn dort auf dem Parkplatz stehen sah.

Die Haare waren noch etwas kürzer, der Backenbart auf ein Minimum reduziert. Er trug einen braunen Tweed-Anzug mit Hemd und Krawatte.

Das hatte ich bei ihm noch nie gesehen. Er sah richtig konservativ und solide aus.

In der Hand hielt er einen großen Blumenstrauß, den er für meine Mutter mitgebracht hatte.

Zu Hause angekommen führte ich ihn, wie meine Mutter es wollte, in den Salon um ihn meinen Eltern vorzustellen und einen Begrüßungsschluck zu trinken.

Er absolvierte dieses Pflichtprogramm ohne jede Unsicherheit, was meinem Vater offensichtlich gefiel, denn er stand plötzlich auf und meinte unseren Gast in die Bibliothek entführen zu müssen. Ein Gespräch unter Männern, wie er es nannte.

Ich war ganz nervös, da ich ja nichts tun konnte, doch meine Mutter beruhigte mich, in dem sie mir versicherte, dass nichts geschehen würde."

***

Ich konnte mir schon lebhaft vorstellen, was da hinter verschlossenen Türen vorging.

„Na, mein Junge, wie gefällt Ihnen das hier? Alles Erstausgaben. Haben mich ein Vermögen gekostet."

„Hier nehmen Sie eine Zigarre. Echte Havanna. Bekomme jeden Monat ein paar Kisten aus Kuba geschickt. Habe Geschäftsfreunde dort."

„Trinken Sie einen Cognac mit? 30 Jahre alt. Sie werden nichts Besseres finden. Kostet auch ein bisschen was. Qualität hat halt ihren Preis ... nicht wahr?"

„So mein Junge, kommen wir nun zu Ihnen ..."

***

„Über eine Stunde blieben sie in Klausur. Als sich dann endlich die Tür zum Salon öffnete und sie wieder erschienen sahen beide sehr entspannt aus. Ich platzte vor Neugier und konnte es kaum abwarten zu erfahren, was die Beiden besprochen haben.

Aber während des anschließenden Essens wurde

kein Wort darüber verloren. Auch beim Kaffee wurde nur über Politik und Kultur gesprochen, wobei Roland sich durch sein umfassendes Wissen sehr schnell den Respekt meiner Eltern verdiente. Beim Thema Politik verhielt er sich völlig liberal. Kein Wort über seine bisherige Gesinnung.

Da meine Eltern uns keine Minute aus den Augen ließen, musste ich mit meinen Fragen warten, bis ich Roland zum Bahnhof fuhr.

Kaum saßen wir im Auto als ich ihn drängte mir zu erzählen, was er mit meinem Vater gesprochen hatte.

Doch er lächelte nur und sagte, dass sie sich über die Firma und seinen Job unterhalten hätten. Auch über seine beruflichen Möglichkeiten und Interessen hätten sie gesprochen. Mehr war aus ihm nicht herauszuholen.

Wieder zurück bedrängte ich meinen Vater, etwas zu erfahren. Doch außer „…netter junger Mann…" und „…kann was daraus werden…", bekam ich nichts heraus.

Auch meine Mutter fand ihn sehr nett, und so gut erzogen und höflich. Meinen Vater wollte sie nicht fragen. Sie war wie immer der Meinung, dass er, falls er etwas zu sagen hätte, es auch irgendwann sagen würde.

So war das immer und das machte mich rasend."

***

Es klopfte und Elisabeth erschien wieder einmal.

„Ihre Gäste möchten aufbrechen und haben nach Ihnen gefragt."

Frau Jost sah auf ihr schmales Ührchen mit dem Krokoarmband, dass sie am linken Handgelenk trug.

„Oh, schon so spät. Haben sie mich doch mal vermisst, die lieben Gäste, und wenn es nur zum Verabschieden ist."

Dabei musste sie lächeln.

Als sie sich erhob, stand ich auch auf.

„Ich werde mich dann auch mal verabschieden. Ich habe Ihre Zeit lange genug in Anspruch genommen. Vielen Dank, dass Sie mir das alles erzählt haben."

„Bitte warten Sie noch einen Moment ... bitte!" sagte sie und es klang so aufrichtig, so flehentlich, dass mir nichts Anderes übrig blieb, als zu warten.

.....Nothing could be sadder than a glass
of wine alone
Loneliness is just a waste of your time.....

(The Rolling Stones)

7

Als sie ein paar Minuten später wieder zurück kam und ich meine Absicht bekräftigen wollte zu gehen, fuhr sie mir direkt in die Parade.

„Ich weiß, es ist schon spät und Sie möchten auch irgendwann einmal ins Bett. Ich möchte Ihnen danken, dass Sie mir so lange zugehört haben. Es hat mir sehr geholfen. Würden Sie, falls es Ihre Zeit erlaubt, morgen noch einmal wiederkommen? Ich würde mich sehr freuen und es gibt noch so viel, was ich Ihnen erzählen könnte – und auch möchte."

Sie sah mich erwartungsvoll an. Wie konnte ich da noch *nein* sagen?

Außerdem war ich ja auch daran interessiert, die Seite meines Freundes kennenzulernen, die für mich noch immer im Dunkeln lag.

„Gut", sagte ich, „wann wäre es Ihnen recht? Ich habe Zeit. Bin quasi auf Urlaub hier."

„Vielen Dank! Sagen wir so gegen drei Uhr – zum Kaffee?" dabei leuchteten ihre Augen.

„Okay. Dann bis morgen."

„Übrigens – die Trauerfeier findet am Freitag auf dem Hauptfriedhof statt."

„Danke."

Ich gab ihr die Hand und wurde dann von Elisabeth zur Tür geleitet.

Das Wetter hatte umgeschlagen. Es nieselte leicht und ein unangenehm kühler Wind war aufgezogen.

Da es tagsüber noch sonnig und mild war, hatte ich nur ein Strickhemd und mein Cord Sakko an, und so zog mir die nasse Kälte direkt in die Knochen.

Mich fröstelte. Es war halt schon November.

Nachdenklich ging ich zu meiner Ente und hoffte, dass die Heizung funktionierte.

Dies waren solche Momente, in denen ich betrübt feststellte, dass ich mein Alter doch nicht ganz verleugnen konnte, und ihm einen gewissen Tribut zollen muss.

Das wiederum macht mich zornig und ich kämpfe dagegen an – ich versuche es zumindest.

***

Früher war das alles anders. Da lief ich Sommer wie Winter in den gleichen Klamotten herum. Jeans, T-Shirt, Cordjacke. Im Winter noch ein Pulli unter der Jacke, das war`s.

Ich hätte mich lieber dunkelblau gefroren als zuzugeben, dass es mir kalt ist.

Gelegentlich hatte ich halt mal einen Schnupfen. Aber den habe ich heute auch, obwohl ich mich entsprechend kleide.

***

In meiner Wahlheimat, im Veneto, wird es im Winter zwar auch kalt, aber nicht so unangenehm wie hier.

Wir wohnen jetzt seit zwei Jahren in Italien. Seit wir zusammen leben, war dies unser Traum. Es scheiterte jedoch immer an solchen Banalitäten wie Arbeit und Geld.

Als eines Tages mein Arbeitgeber mir anbot mich nach Venedig zu versetzen, sagte ich sofort zu.

Die protzige Firmenwohnung in Mestre lehnte ich dankend ab und wir zogen in eine kleine Mietwohnung in Ca`Savio, auf der Südostseite der Lagune.

Jetzt fahre ich nicht mit dem Auto über die völlig verstopfte Autostrada zur Arbeit sondern gemütlich mit dem Schiff. Und bin, obwohl die Strecke doppelt so lang ist, schneller und ausgeruht im Büro.

***

Ich fuhr langsam los, durch das Wäldchen, dann vorbei an den bunten Reihenhäusern, bei denen hinter einigen Fenstern noch Licht brannte.

Normalerweise hätte ich jetzt meiner Fantasie freien Lauf gelassen und mir vorgestellt, was sich hinter den einzelnen Fassaden des Kleinbürgertums, den Oasen des kleinen Glücks, abspielen würde.

Doch daran konnte ich keinen einzigen Gedanken verschwenden. Mich beschäftigte ausschließlich das soeben Gehörte und Gesehene. Die Gedanken schwirrten in meinem Kopf wie Bienen in ihrem Bienenstock.

Zurück in der Stadt fuhr ich direkt zu meinem Hotel, stellte die Ente ins Parkhaus und ging auf mein Zimmer.

Ich warf achtlos mein Sakko auf den Stuhl in der Ecke hinter der Tür, holte mir eine Packung Zigaretten aus meiner Reisetasche, kramte mein Zippo, ein Weihnachtsgeschenk meiner Söhne, aus der Hosentasche, zündete mir eine an, inhalierte tief den ersten Zug und warf mich aufs Bett.

So lag ich da, und rauchte, und meine Gedanken

kreisten weiter. Nur gelang es mir nicht das, was ich heute Abend erfahren hatte, zu sortieren, meine Gedanken irgendwie zu ordnen.

***

Drei Zigaretten später stand ich auf, zog meine Jacke über und ging in die Hotelbar. Ich wollte mir ein paar Bier genehmigen, um wenigstens schlafen zu können.

In der Bar war nicht viel los. Am Tresen versuchten zwei betrunkene, amerikanische Geschäftsleute mit dummen Sprüchen Kontakt mit einer strengen Blondine aufzunehmen. Doch ihre kindischen, primitiven Versuche prallten an der Blonden ab wie Regentropfen auf einer Windschutzscheibe. Den beiden lief schon fast der Sabber aus den Mundwinkeln.

Ich nahm mein Bier und eine Schale gesalzener Erdnüsse vom Tresen und sah mich nach einem ruhigen Platz um.

An einem der vordersten Tische saßen ein paar Japaner, die sich lautstark unterhielten und an einem Ecktisch neben dem Eingang befummelte sich ein junges Pärchen. Dem Mädchen schien es zu gefallen, denn sie gab unentwegt glucksende Laute von sich.

Sonst war der Raum leer. Ich wählte den Ecktisch auf der gegenüberliegenden Seite und ließ mich schwer in eines der beiden Sesselchen fallen, die am Tisch standen, trank einen tiefen Schluck und zündete mir eine Zigarette an.

So saß ich da, den Kopf in die Hände gestützt und versuchte meine Gedanken zu sortieren.

***

Wie in einem Film liefen Sequenzen aus meinem früheren Leben an meinem geistigen Auge vorbei.

Roland und ich beim Fußball spielen, oder in der Schule. Roland und ich in der Redaktion der Schülerzeitung, oder bei Anti-Vietnam-Demos. Roland und ich bei irgendwelchen Happenings, oder in seiner dunklen Bude.

Nur das, was ich heute gesehen und gehört hatte, kam nicht vor. Ich konnte es einfach nicht einordnen.

Ich fühlte mich auf einmal sehr alleine und verlassen.

Der Barmann riss mich aus meinen Gedanken, als er mir verkündete schließen zu wollen.

Ich sah auf die Uhr. Es war schon nach eins. Also erhob ich mich schwerfällig und ließ einen vollen Aschenbecher und eine Batterie leerer Gläser zurück.

In meinem Zimmer angekommen, ließ ich meine Jacke auf den Boden fallen, verzichtete auf den Luxus mich zu entkleiden und warf mich einfach auf das

Bett.

Ich hatte offensichtlich genug getankt, um schlafen zu können, aber es war ein Schlaf voller Gespenster die versuchten mich einzuholen.

***

Ich sah in das verzerrte Gesicht von Roland.

„Ho-Ho-Ho-Chi-Minh!" skandierte das Gesicht.

Ein anderes Gesicht, mit Vollbart und Zigarre, starrte mich an. Che Guevara grüßte von einem Poster an der Wand.

Mir stieg der würzig süßliche Duft eines Joint in die Nase, der mir gerade von einem Mädchen mit langen, braunen Haaren, in die bunte Bänder eingeflochten waren, gereicht wurde.

„Farewell Angelina, the sky is folding. I´ll see you in a while."

Ich befand mich auf einer Wiese mit einer Gruppe junger, fröhlicher Menschen, in bunten Kleidern, die Gitarre spielten und sangen.

„Farewell Angelina, the sky is changing colour and I must leave fast."

Ich sah den Strahl eines Wasserwerfers auf uns zukommen, als wir versuchten die Auslieferung einer Boulevardzeitung mit den vier Buchstaben zu verhindern, die den Krieg in Vietnam verherrlichte.

Ich sah Polizisten, die auf Demonstranten einprügelten, die sich gegen die geplanten Notstandsgesetze der Kiesinger Administration und dann gegen die prügelnden Gesetzeshüter zur Wehr setzten.

Ich sah die Luxuskarossen vor der Luxusvilla. Ein Zeitsprung wie ein Quantensprung. Was war dazwischen?

Gnädige Dunkelheit hüllte mich ein, und vertrieb die Gespenster.

***

Ein Güterzug ratterte durch meinen Kopf und ich wachte auf. Ich hatte einen faden, pelzigen Geschmack nach schalem Bier und zu vielen Zigaretten im Mund. Es widerte mich an.

Der Güterzug entpuppte sich als stechender Kopfschmerz. Ich bin wohl das deutsche Bier nicht mehr gewohnt.

Zu Hause trinke ich abends ein, zwei Gläschen Wein zum Essen. Tagsüber gelegentlich mal ein *Ombre*, das traditionelle, kleine Gläschen im Stehen an der Bar. Nur sonntags, beim Boccia, von April bis Oktober, da wird's meistens etwas mehr. Aber von diesen natürlich ausgebauten Weinen der Region, wie dem köstlichen Raboso oder dem Verduzzo, bekommt man keine Kopfschmerzen.

Ich versuchte mich zu strecken – der Kopfschmerz nahm zu. Also versuchte ich mich vorsichtig zu erheben – der Kopfschmerz wurde unerträglich.

Ich griff nach der Wasserflasche auf dem Nachttisch und nahm einen Schluck dieser abgestandenen Brühe.

Ich hatte jetzt zwar nicht mehr diesen widerlichen Geschmack im Mund, aber meinem Kopf ging es keinen Deut besser.

Vorsichtig ging ich ins Bad und hielt den Kopf unter kaltes Wasser. Das half etwas. Das mein Hemd dabei nass wurde, war mir gerade egal.

Dann zog ich mich aus, immer darauf bedacht den Kopf nicht zu bewegen, ließ die Klamotten achtlos auf den Boden fallen und stieg unter die Dusche. Das tat gut.

Nach einer Zeit, die mir wie eine Ewigkeit vorkam, stellte ich die Dusche ab und griff nach dem Handtuch. Meine Haut war völlig verschrumpelt und ich hatte das Gefühl, als wären mir Schwimmhäute gewachsen.

Meinem Schädel ging es etwas besser und so beschloss ich, bei der Rezeption nach einem Aspirin zu fragen.

Ich zog frische Sachen an, fand mein Sakko auf

dem Boden hinter der Tür und ging etwas besser gelaunt zum Fahrstuhl. Zum Treppenlaufen fühlte ich mich noch nicht in der Lage.

Das Mädel an der Rezeption sah mich mitleidig lächelnd an. Ich musste wohl schlimm ausgesehen haben.

Auf meine Frage nach einem Aspirin eilte sie sofort in das Büro neben dem Tresen und erschien kurze Zeit später wieder mit einem Glas Wasser und zwei Brausetabletten.

Ich bedankte mich, löste die Tabletten auf und stürzte den gesamten Inhalt des Glases mit einem Zug hinunter.

Mich beschlich das Gefühl, dass irgendetwas nicht stimmte. Das Mädchen an der Rezeption. Sie war gestern Abend schon da, als ich ins Hotel kam. Und wenn sie keine vierundzwanzig Stunden Schicht hatte, konnte das nur bedeuten … oh nein!

Ich wollte auf meine Armbanduhr sehen, doch da war nichts. Offensichtlich hatte ich sie auf dem Nachttisch oder im Bad liegen lassen. Da fiel mein Blick auf die große Uhr über dem Tresen. Es war halb zwei Uhr mittags – ich hatte verschlafen.

"... Feeling, sweet feeling
drops from my fingers,
manic depression`s captured my soul ..."

(Jimi Hendrix)

8

Um drei sollte ich doch wieder bei Frau Jost zum Kaffee erscheinen.

Für ein ausgiebiges Frühstück in meinem Stammkaffee war es nun zu spät, also ging ich in das Hotelrestaurant und ließ mir die Frühstückskarte bringen. Der Kellner bedeutete mir höflich aber bestimmt, dass die Frühstückszeit eigentlich vorbei sei. Ob er mir vielleicht doch besser die Mittagskarte bringen solle.

Keine Chance. Ich bestand auf Frühstück.

Die Karte war zwar reichhaltig aber es war nichts dabei, was ich meinem Kater zumuten konnte. Bei dem Gedanken an Müsli, Quark, Joghurt, Marmelade, oder andere gesunde Scheußlichkeiten, wurde mir speiübel.

Als der Kellner mich nach meinen Wünschen fragte, bestellte ich eine Kanne starken Kaffee und zwei Mettbrötchen mit Zwiebeln.

Der Blick, den er mir zuwarf, war eine Mischung aus Unverständnis und Abscheu.

Wir sind ein Sterne-Hotel. Pfeif drauf!

Ich verzehrte die Brötchen mit Genuss und spülte mit Kaffee nach. Meine Kopfschmerzen besserten sich von Minute zu Minute und damit auch meine Laune. Ich hatte sogar wieder Lust auf eine Zigarette.

Frisch gestärkt ging ich auf mein Zimmer, fand meine Uhr auf dem Boden neben dem Nachttisch nahm meinen Trenchcoat vom Kleiderhaken und sicherheitshalber noch eine Packung Zigaretten als Reserve und ging zum Parkhaus.

***

Auf der Fahrt zu Rolands Schloss fragte ich mich, was ich heute noch alles zu hören bekommen würde.

Ich passierte wieder die Grenze zu der anderen Welt jenseits des Fichtenwäldchens.

Diesmal bekam ich sogar einen Parkplatz vor dem Haus.

Sonst war alles wie am Tag zuvor. Oben vor der Garage stand der silberne SLK von Schnösel Brian und der Rover von Elisabeth. Nein, etwas war anders – es regnete Bindfäden.

Auf dem kurzen Stück vom Auto zur Eingangstür war ich völlig durchnässt.

Elisabeth öffnete direkt nach dem ersten Klingeln die Türe – so, als ob sie dahinter schon auf mich gewartet hätte – und ließ mich, diesmal ohne Formalitäten, eintreten.

Die Gummisohlen meiner nassen Schuhe verursachten quietschende Geräusche auf dem Marmorboden und hinter mir bildete sich ein Rinnsal vom Wasser, das von meinem Mantel tropfte.

Elisabeth nahm mir den nassen Trenchcoat ab und bat mich vorzugehen. Die gnädige Frau würde mich schon erwarten.

Ich stand unschlüssig vor der Schiebetür, durch die ich am Tag vorher eingelassen wurde, und überlegte, ob ich hier anklopfen sollte oder vielleicht doch eher am Ende des Flurs, an der Tür zum Arbeitszimmer.

In diesem Moment öffnete sich die Tür und Frau Jost bat mich freundlich lächelnd einzutreten.

„Es freut mich dass Sie kommen konnten", begrüßte sie mich, „bitte nehmen Sie doch Platz."

Sie trug ein dunkelgrünes Kostüm mit einem Bolero-Jäckchen und Slipper aus grünem Wildleder. Die Farbe stand ihr gut und betonte ihr mahagonifarbenes Haar.

***

„Elisabeth bringt uns gleich den Kaffee."

Wir saßen uns gegenüber wie am Tag zuvor doch die Stimmung im Raum war eine andere. Meine Gastgeberin war nicht mehr so von Trauer gezeichnet, und ich selbst fühlte mich auch lockerer, nicht mehr so gehemmt.

Draußen war es trotz der frühen Nachmittagsstunde schon dunkel geworden, und es regnete weiter ohne Unterlass. Die venezianischen Wandlampen verbreiteten ein warmes, gemütliches Licht.

***

„Wissen Sie, als Roland starb, fühlte ich urplötzlich eine große Leere in mir, wie in einem Vakuum, als wäre mein Leben damit auch ausgelebt. Als Sie dann gestern kamen und ich spürte, wie nah Sie und Roland sich waren, gab mir das neue Hoffnung und auch den Antrieb Ihnen alles zu erzählen, was mir wiederum hilft, alles zu verarbeiten."

„Das kann ich verstehen. Ich …"

Elisabeths Klopfen unterbrach mich. Sie brachte den Kaffee und eine Etagere mit kleinen, süßen Köstlichkeiten. Eine Versuchung aus buntem Zuckerguss und Sahne.

„Bitte, bedienen Sie sich", forderte mich Frau Jost auf, und ich konnte nicht widerstehen.

Vorsichtig nahm ich ein längliches Biskuitteilchen, das mit einer Vanillecreme gefüllt, mit pistaziengrünem Zuckerguss überzogen und mit hauchfeinen Schokoladenapplikationen verziert war, und wollte es vorsichtig auf einen der bereitgestellten Dessertteller legen. Ungeschickt wie ich bin entglitt mir das süße Kunstwerk, fiel auf den Teller und zerbrach in zwei Hälften. Glücklicherweise ist nichts auf dem teuren Teppich gelandet, aber peinlich war es mir doch.

Frau Jost, die meine Verlegenheit bemerkte, reichte mir eine Kuchengabel.

„Macht doch nichts", beruhigte sie mich, „ist mir auch schon passiert. Nehmen Sie sich ein neues Stück."

„Danke, nicht nötig. Es schmeckt bestimmt auch so."

Über diese Bemerkung musste sie lachen. Dann stand sie auf, ging zu dem großen Schreibtisch auf der anderen Seite, öffnete eine Schublade und entnahm ihr ein ziemlich dickes und in Leder gebundenes Buch, mit dem sie sich wieder zu mir an den Tisch setzte. Unschlüssig, was sie nun damit anfangen sollte, hielt sie das Buch verkrampft in den Händen. Ihre Fingerknöchel traten weiß hervor.

„Was ist das?" fragte ich neugierig.

„Das habe ich gestern Abend in Rolands Schreibtisch gefunden, als ich nach einigen Papieren suchte. Ich hatte es nie zuvor gesehen. Allerdings ging ich auch niemals an Rolands Schreibtisch. Es ist ein Fotoalbum. Ich denke, Sie sollten es sich ansehen."

Sie legte das Album auf den Tisch und bat mich, neben ihr auf der Couch Platz zunehmen. Ich setzte mich neben sie und sah neugierig auf das Album, das in schweres, narbiges Leder gebunden war.

„Schlagen Sie es auf. Bitte!"

Die ersten beiden Seiten waren voller kleinformatiger schwarz-weiß Fotos aus unserer Kindheit mit den, für die damalige Zeit üblichen gezackten Rändern. Sie zeigten uns beim Fußball spielen auf der Straße, beim Kampf mit selbst gebastelten Schwertern aus Holz. Eine Seite war ganz unserem ersten Schultag gewidmet.

Rolands Vater hatte uns überall mit seiner alten Agfa Rollfilmkamera, einer unhandlichen schwarzen Box, fotografiert.

***

Ich kann mich noch relativ gut an den, für mich sehr unseligen Tag erinnern.

Unsere Eltern putzten sich und uns mit stolz geschwellter Brust heraus. Wie persönliche Ausstellungsstücke wurden wir vor ihnen hergetrieben. Riesige Schultüten aus beklebter Pappe mit einer Haube aus buntem Krepp hatte man uns in die Hand gedrückt, nur hineinsehen durften wir nicht. Dabei war der süße Inhalt das Einzige, was uns an diesem Tag interessiert hatte. So ging diese Prozession von zu Hause bis zur Sporthalle der Volksschule, die damals noch als Aula herhalten musste. Immer schön den Nachbarn zulächeln. Ja, mein Sohn beginnt heute seine Karriere.

Meine Mutter hatte sich extra für diesen Tag ein Kostüm schneidern lassen – ich glaube hellgrau war es. Auf dem Kopf hatte sie ein seltsames Gebilde, das wie ein Stück zerknitterter Stoff aussah, der mit etwas Netzartigem verziert war. Dazu trug sie, wie damals bei Damen üblich, weiße Glacéhandschuhe.

Ich selbst wurde mit einer grauen Hose mit messerscharfer Bügelfalte, einem weißen Hemd und einer gelben Krawatte ausgestattet, die mit einem Gummizug um den Hals gewickelt wurde. Dazu trug ich einen blauen Strickpullover mit V-Ausschnitt und einen dunkelgrauen Kurzmantel mit Fischgrätmuster. Ich habe mich geschämt.

Was mein Vater trug, kann ich nicht sagen. Er war nicht dabei. Damals dachte ich noch, ich hätte keinen. Aber meine Eltern hatten sich fünf Jahre vorher scheiden lassen. Zweiundzwanzig Jahre später erfuhr ich dann, dass er mit einer Kamera und einem Teleobjektiv bewaffnet, meine Einschulung aus dem Park einer Kirche neben der Schule beobachtet hatte. Er durfte sich mir nicht nähern.

Roland erging es an diesem Tag auch nicht besser, nur, dass sein Vater dabei war, und uns ununterbrochen ablichtete.

Nach der Einschulungsfeier, die so langweilig war, dass mir dauernd die Augen zufielen, und meine Mutter mir ständig in die Rippen knuffte, wurden dann am Brunnen im Schulhof die Gruppenfotos mit und ohne Verwandtschaft geschossen. Erst dann erhielten wir die höchst elterliche Erlaubnis, den Inhalt unserer Schultüten zu inspizieren.

***

Die nächste Seite zeigte Bilder vor und nach unserer Erstkommunion auf dem Platz vor der Kirche Sankt Bernhard.

Auch ein Tag, an den ich mich eigentlich nur ungern erinnere.

Auf einem Foto war Rolands Mutter mit meiner Mutter und meiner Großmutter zu sehen. Meine Oma hatte einen Hut auf, dessen Form der einer Kirchenglocke ähnelte.

Beim Anblick des nächsten Bildes musste ich schmunzeln. Roland und ich lagen in unseren teuren Kommunionsanzügen auf dem Boden, hielten die langen Kerzen mit den Spitzentüchlein wie ein Maschinengewehr vor uns, und spielten Krieg. Dafür gab es eine tüchtige Abreibung.

Mein Vater musste wieder, irgendwo hinter einem Auto verborgen, alles beobachtet und fotografiert haben.

Später, als wir endlich wieder zu Hause waren, wurde ich für die erlittene Pein und Schmach entlohnt. Da gab es dann die Geschenke. Neben diversen goldenen Anhängern in Kreuzform oder Brieföffnern, war auch einiges Brauchbares dabei, wie ein Fotoapparat oder Bücher, von denen ich damals schon nicht genug bekommen konnte. Später kam dann per Bote ein Päckchen für mich. Coopers Lederstrumpf mit einer Widmung meines Vaters. Das Buch habe ich noch heute im Regal stehen.

Am darauf folgenden Wochenende kaufte mein Großvater einen schwarz-weiß Film und nahm mich und seinen Freund und Kollegen vom Orchester, der selbst ein sehr guter Fotograf war, mit in den Stadtwald. Dort wollten die Beiden aus dem Stand heraus aus mir einen Starfotografen machen. Ich wurde angebrüllt, rumgeschubst und ausgeschimpft. Fand ich damals alles nicht so lustig, aber auf meine ersten Bilder bin heute noch stolz, und einige meiner späteren Bilder, schafften es sogar in kleinere Ausstellungen. Danke ihr beiden!

***

Als ich diese Fotos betrachtete, bekam ich einen Kloß in den Hals und musste kräftig schlucken. Dies alles ist schon so lange her und liegt jetzt vor mir, als wäre es gestern gewesen.

Mein Vater und meine Großeltern leben schon lange nicht mehr. Könnte ich die Zeit doch nur noch einmal kurz zurückdrehen. Noch einmal mit ihnen sprechen, mich für einige Missverständnisse entschuldigen und mich bedanken für eine wunderbare Kindheit.

***

„Was haben Sie? Geht es Ihnen nicht gut?"
Frau Jost sah mich fragend von der Seite her an.

„Doch, doch … es ist nur …"

„Ich verstehe schon. Die Erinnerungen."

„Darf ich rauchen?"

„Aber natürlich. Entschuldigen Sie bitte."

Sie stand auf und brachte mir einen Aschenbecher. Ich zündete mir eine Zigarette an und nahm noch einen Schluck Kaffee.

„Sie können sich jetzt sicher vorstellen, wie mir gestern zumute war, als ich dieses Album fand", sagte sie leise.

Ich nickte, konnte ich doch sehr gut nachvollziehen, was in ihr vorgegangen sein muss.

„Ich hatte keine Ahnung, dass er diese Bilder damals überhaupt aufgehoben hatte. Das sah ihm überhaupt nicht ähnlich. An so etwas wie Einschulung oder Kommunion wollte er nie erinnert werden. Ich hatte geglaubt, dass er solche Ereignisse aus seiner Erinnerung gestrichen hatte."

Frau Jost nahm sich noch ein Eclair.

„Wie ich Ihnen gestern schon sagte, erst in letzter Zeit sprach er von früher, von seiner Vergangenheit, oder von Ihnen. Diese Zeit lag für mich immer im Dunkeln, und er wollte auch nie darüber reden."

„Darf ich …?"

„Ja bitte."

Ich schenkte uns noch Kaffee nach und zündete mir in Gedanken versehentlich noch eine zweite Zigarette an.

„Gestern erzählten Sie mir von der ersten Begegnung Rolands mit Ihren Eltern. Hat er irgendwann über die Unterhaltung mit Ihrem Vater gesprochen?"

Ich hatte das aufgeschlagene Album auf den Tisch gelegt und sah sie erwartungsvoll an.

„Erst sehr viel später. In den folgenden Monaten wich er meinen Fragen immer aus und irgendwann gab ich auf. Auffällig war nur, dass er sich seit dieser Zeit in der Firma immer korrekt kleidete. Er stürzte sich immer mehr in seine Arbeit, und selbst nach Feierabend war die Firma immer das Gesprächsthema Numero eins. Es gab eigentlich nur noch ein Thema – die Arbeit. Sehr zu meinem Leidwesen, kann ich Ihnen versichern."

***

Ich kann mich noch gut daran erinnern, als Roland und ich mit der Gewerkschaftsjugend auf die Straße gingen, und gegen die Ausbeutung der Arbeiter in den Betrieben protestierten; uns für kürzere Arbeitszeiten und mehr Freizeit für die Beschäftigten einsetzten. Damals schon.

„Der Mensch arbeitet, um zu leben und lebt nicht,

um zu arbeiten!" sagte er mir damals.

Wie hatte er sich in kurzer Zeit verändert.

"What you gonna do when you lose the things
that you love?"

(Amon Düül II)

9

Roland wurde immer öfter von meinen Eltern, respektive meinem Vater, zum Essen eingeladen", nahm sie den Faden wieder auf, „und jedes Mal lief es annähernd gleich ab. Genau wie beim ersten Besuch, nur, dass wir zuerst aßen und mein Vater dann mit Roland in seinem Arbeitszimmer verschwand. Meine Mutter und ich blieben dann für ein bis zwei Stunden alleine zurück. Es machte mich rasend, da Roland nach wie vor beharrlich schwieg."

***

Es klopfte und Elisabeth erschien, um die Kaffeetafel abzuräumen. Sie erledigte dies, ohne dass man sie eigentlich richtig wahrnahm, und schon war sie wieder verschwunden Ich überlegte, ob ihr diese Arbeit wohl Spaß macht. Konnte ich mir schwerlich vorstellen.

***

„So ging das über fast ein ganzes Jahr. Wir feierten gemeinsam Weihnachten in unserem Haus. Wir verbrachten mit meinen Eltern eine Woche in St. Moritz beim Skifahren, im Frühjahr lud uns mein Vater zu einem Kurzurlaub an den Gardasee ein, wo er in der Nähe von Gardone ein Ferienhaus besaß und im Frühsommer flogen wir alle gemeinsam nach New York. Mein Vater hatte dort Termine mit einigen Großkunden und Roland sollte dabei sein. Meine Mutter und ich wurden großzügig mit Geld ausgestattet und einkaufen geschickt. Meiner Mutter gefiel es ohne ihren ständig nörgelnden Mann in Ruhe einkaufen zu können, aber ich fühlte mich abgeschoben, mit Geld ruhiggestellt."

***

Im Winter neunundsechzig wurde publik, dass eineinhalb Jahre vorher ein Trupp amerikanischer Soldaten in Vietnam, im Dorf *My Lai*, ein Massaker unter der Zivilbevölkerung angerichtet hatte. In *Pinkville*, wie die Militärs diesen Ort in der Provinz *Quang Ngai* abschätzig nannten, wurden über vierhundert Frauen, Kinder und Greise einfach abgeschlachtet – bei einer Säuberungsaktion, wie es im *Life-Magazin* zu lesen war. Ursprünglich hieß es aus dem Pentagon, dass bei einer Aktion gegen den Vietkong versehentlich zwanzig Zivilisten getötet worden seien, was man auch bedauere. Ein Kollateralschaden eben.

Roland schäumte vor Wut und Hass, als er diesen Artikel in die Finger bekam.

„Die sind ja genauso schlimm wie die Nazis", tobte er damals.

Als kurz darauf auch Newsweek und das Time-Magazin darüber berichteten, gab es überall in den Westeuropäischen Städten Anti-Vietnam Demonstrationen.

„Ich werde niemals den Boden dieser imperialistischen Schweine betreten", hatte Roland mir am Rande einer solchen Vietnamdemonstration geschworen.

Und später? Später war er mit einem Großindustriellen auf Geschäftsreise genau dort. Mir fiel es immer schwerer, in diesen Erzählungen meinen Freund wieder zu erkennen. Welcher Wandel ist nur in ihm vorgegangen?

***

Ich zündete mir die nächste Zigarette an während sie mit ihrer Erzählung fort fuhr.

„Als wir aus den Staaten zurück waren, wurde Roland von meinem Vater in die Debitorenbuchhaltung versetzt. Um das Geschäft auch von dieser Seite kennen zu lernen, wie er sagte. So wanderte er in den nächsten zwei Jahren von Abteilung zu Abteilung und mir wurde langsam klar, was mein Vater damit bezweckte – er hatte seinen Nachfolger gefunden und bereitete ihn darauf vor."

„Waren Sie denn nicht sauer? Schließlich hatten Sie ja Betriebswirtschaft studiert und wären die legitime Nachfolgerin gewesen."

Ein Lächeln huschte über ihr Gesicht.

„Anfänglich schon, muss ich zugeben und ich fand es an der Zeit, dass Roland mir endlich alles erzählte.

***

Es klopfte kaum hörbar an der Schiebetür zum benachbarten Raum, in dem gestern noch das Büffet für die Kondolenzbesucher angerichtet war, und Elisabeths roter Haarschopf erschien im Türrahmen.

„Entschuldigung – ein Anruf für Sie, gnädige Frau. Soll ich durchstellen?"

„Nein danke, ich komme. Entschuldigen Sie mich bitte einen Moment."

***

Nachdem Frau Jost den Raum verlassen hatte, starrte ich gedankenverloren auf das vor mir liegende Fotoalbum. Ich schlug die nächste Seite auf. Statt der erwarteten Fotos war dort ein Zeitungsartikel eingeklebt.

„Sit-In in Frankfurter Nobelhotel" lautete die Überschrift. Langsam kam die Erinnerung an dieses Ereignis zurück. Im März neunzehnhundertachtundsechzig gab der damalige Bundespräsident Heinrich „ich weiß nicht wo ich bin" Lübke ein Essen zu Ehren der Paul-Ehrlich und Ludwig-Darmstädter Preisträger in Anwesenheit einiger Politprominenz wie Ministerpräsident Zinn, Kultusminister Schütte, Oberbürgermeister Brundert und Bundesbankpräsident Blessing. Wir waren etwa einhundert Schüler und Studenten, die gegen Lübkes Nazi-Vergangenheit protestieren wollten. In den Zeitungen wurde von nur fünfundzwanzig Randalierern berichtet. Da wir es nicht schafften in den Speisesaal des Hotels zu gelangen, veranstalteten wir ein Sit-In im Foyer und skandierten lautstark unseren Protest wie „Lübke raus" und „heil Lübke". Wenig später wurden wir von den herbeigerufenen Ordnungshütern und einigen Hotelangestellten auf unsanfte Art und Weise entfernt und erkennungsdienstlich behandelt.

Auf dem Bild unter dem Artikel war am linken Bildrand der Kopf von Roland zu erkennen. Mich sah man nicht, obwohl ich auch dabei war. Das war immer so. Wir hatten die gleichen Ideale, machten alles gemeinsam, doch wahrgenommen wurde immer nur Roland. Nicht, dass ich eine Profilneurose bekommen hätte, aber das begleitete auch mich mein ganzes Berufsleben. Ich war der Vordenker, hatte viele innovative Ideen, in den Vordergrund aber schoben sich immer andere. Doch ich bin mit mir im Reinen, habe meine Ideale und meine Gesinnung nie verraten, wie es offenbar Roland und viele andere unserer damaligen Gesinnungsgenossen getan haben.

***

Ich hatte genug gesehen und klappte das Album zu. In diesem Moment kam Frau Jost zurück.

„Entschuldigen Sie bitte, aber das war die Frau Oberbürgermeister. Sie benötigte noch einige Informationen für die Trauerrede."

So, die Frau Oberbürgermeister machte auch ihre Aufwartung. Roland war wohl nicht nur ein Industrieller sondern auch noch ein wichtiger Industrieller. Ich dachte kurz an diesen Zeitungsartikel und überlegte was Roland wohl getan hätte, wenn seine Mitarbeiter in Streik getreten wären. Hätte er sie noch verstanden?

Frau Jost nahm wieder Platz und zupfte ihren Rocksaum zurecht.

„Ich hatte ihn gebeten, mich in dem Café zu treffen, in dem wir zum Anfang unserer Beziehung des Öfteren waren. Anfänglich wollte er nicht. Er fand, dass es doch bessere Lokalitäten gab. Ich bestand aber darauf – wahrscheinlich aus Sentimentalität – und er willigte schließlich ein. Ich bedrängte ihn so lange, bis er mir alles erzählte. Mein Vater hatte ihn am ersten Abend in der Bibliothek nach allen Regeln der Kunst sondiert und als er mit dem Ergebnis zufrieden war klar gemacht, dass es für ihn nur schwarz oder weiß geben könne, nur arm oder reich. Er hatte ihm eine Karriere im Betrieb in Aussicht gestellt, wenn er sich entsprechend reinknien würde und Roland verriet mir dann, dass er plötzlich Angst vor dem arm sein bekommen hatte. Er konnte sich nicht mehr vorstellen, sein Leben als einfacher Angestellter zu fristen. Ihm imponierte der neue Lebensstil, die Reisen, die Gesellschaften. Fünf Jahre später war er Juniorpartner und weitere zwei Jahre darauf übergab mein Vater die Geschäfte an ihn und zog sich ins Privatleben zurück. Die Firma expandierte und Roland schaffte es sogar das Unternehmen sicher durch Krisen zu steuern."

In einer fahrigen Geste drehte sie die Handflächen nach oben. Fast wirkte es wie eine Entschuldigung.

„So, nun wissen Sie alles. Aber bitte urteilen Sie nicht zu schnell über ihn. Behalten Sie Roland in Ihrer Erinnerung, wie Sie ihn kannten."

Einen Moment lang war ich sprachlos. Dann gab ich mir einen Ruck und erhob mich.

„Sie haben Recht. Vielen Dank, dass Sie mir das alles erzählt haben. Und vielen Dank auch für den Köstlichen Kaffee."

Sie erhob sich ebenfalls und gab mir die Hand.

„Ich habe zu danken, dass Sie mir so geduldig zugehört haben. Kommen Sie am Freitag?"

„Selbstverständlich!"

„Danke. Elisabeth wird Sie hinaus begleiten."

In diesem Augenblick öffnete sich die Tür zum Flur und das Mädchen mit dem feuerroten Haarschopf erschien, mit meinem Mantel über dem Arm. Als ich gerade das Haus verlassen wollte, hielt sie mir eine Tüte entgegen.

„Was ist das?"

„Kaffee. Ein kleines Geschenk der gnädigen Frau."

***

Ich stellte meine Ente im Parkhaus des Hotels ab und wollte gerade durch das Foyer zum Aufzug gehen, als ich das plötzliche Bedürfnis verspürte, noch einen Spaziergang zu machen. Ich zog meinen Trenchcoat über und verließ das Hotel. Es war mittlerweile dunkel geworden und es hatte aufgehört zu regnen. So war der eisige Wind, der durch die Einkaufsmeile der Stadt wehte, einigermaßen erträglich. Obwohl es erst November war, konnte man überall schon die erste Weihnachtsdekoration in den Schaufenstern und an den Fassaden der Geschäfte sehen. Zwischen den kleinen Bäumen, die, eingerahmt von kalten Steinplatten, in der Mitte der Fußgängerzone ihr Dasein fristeten, waren Girlanden aus künstlichen Tannenzweigen gespannt, in die Lichterketten mit roten, blauen und weißen Lämpchen eingeflochten waren und die nun im Wind hin und her schaukelten. An einigen Ständen gab es Glühwein und Bratwurst, an anderen gebrannte Mandeln und Anisbonbons. Der Duft erinnerte mich an meine Kindheit.

Nur damals begann die Weihnachtszeit am ersten Advent und nicht schon nach den Sommerferien. Freunde haben mir berichtet, dass man hierzulande bereits im September Stollen und Lebkuchen in den Supermärkten kaufen kann und eine Woche vor Weihnachten schon nichts mehr bekommt, da bereits Platz für die Karnevalsartikel gemacht wurde. Demnach ist Ostern am Aschermittwoch und der Sommerschlussverkauf im Mai. Irgendwann überholen wir uns selbst. Es lebe der Kommerz!

Ich kaufte mir eine Tüte Mandeln und setzte meinen Spaziergang fort. Drei Jugendliche erregten meine Aufmerksamkeit. Eigentlich waren es weniger die drei Jungen, sondern ihre Art der Fortbewegung, die meinen Blick anzog.

Die drei trugen Baseball Caps, die sie verkehrt herum auf dem Kopf sitzen hatten, dazu Blousons mit eingesticktem Markennamen, in die sie erst noch hineinwachsen mussten und extrem weite Jeans, deren Hinterteil in den Kniekehlen hing und ich die Befürchtung hatte, dass sie die Hosen jeden Moment verlieren würden. Sie kamen in einer Art Wiegeschritt auf mich zu. Dabei schoben sie wechselweise immer ein Bein und die Schulter der gleichen Seite nach vorne. An beiden Händen hatten sie jeweils den Zeigefinger und den kleinen Finger abgespreizt. Die Köpfe hatten sie nach vorne getreckt und wackelten damit wie ein Wackeldackel, die man früher oft auf den Hutablagen der Autos, neben den gestrickten Toilettenpapierhüllen sehen konnte. Der ganze Bewegungsablauf wirkte dadurch wie der einer Schildkröte, die sich mit ihrem schweren Panzer nach vorne schob. Als sie an mir vorbei wackelten, glotze mich einer mit dümmlichem Gesichtsausdruck an. Ich glotzte zurück. Daraufhin schleuderte er mir ein paar Wortfetzen entgegen, die sich in etwa als „gucksu alder" und „hassu problem" interpretieren ließen. Anschließend bekam ich noch den ausgestreckten Mittelfinger gezeigt, bevor sie im Gewühl verschwanden.

„Was war das jetzt?" dachte ich und schob mir noch eine Mandel in den Mund. „Bei denen musste wohl die Erziehung im Eilzug durchs Kinderzimmer gerauscht sein."

Ich für meinen Teil hatte genug von der Stadt und der seltsamen Spezies, die sie bevölkerte und wollte mich auf den Rückweg zum Hotel machen, als etwas in meiner Erinnerung auftauchte, was sich genau an dieser Stelle, an der ich jetzt stand, ereignet hatte.

An diesem bewussten Tag fand wieder einmal eine Demonstration statt, an der ich aber ausnahmsweise nicht teilnehmen konnte, da ich meine Mutter von deren Arbeitsstätte abholen sollte. Wie immer bei solchen Anlässen gab es in der Stadt mehr Polizisten als Demonstranten. Als ich an dieser Stelle hier vorbei kam, baute sich eine kleine, alte Frau vor mir auf, fuchtelte mit ihrem Schirm vor meiner Nase herum und schrie: „Polizei! Polizei! Das ist auch einer von den Verbrechern! Langhaariges Gesindel! Beim Adolf hätte es das nicht gegeben."

Sofort wurde ich auch schon von uniformierten Gesetzeshütern umzingelt und in einen Polizeibus verfrachtet. Dort wurden meine Personalien aufgenommen und beim Verfassungsschutz abgeglichen, bevor man mich eine halbe Stunde später wieder laufen ließ. Als ich das meiner Mutter erzählte, schämte sie sich meiner. Sie hätte sich besser für dieses Land und die ewig gestrigen, die es selbst vierundzwanzig Jahre nach Kriegsende damals hier noch gab, geschämt.

...... how many seas must a white dove sail,
before she sleeps in the sand......

(Bob Dylan)

10

..... der Herr hat es gegeben, der Herr hat es genommen .....

***

Ich komme mir vor wie in einem der alten französischen Filme, in denen eine schwarz gekleidete Trauergemeinde, teilweise mit schwarzen Regenschirmen bewaffnet, auf einem Friedhof mit altem Baumbestand vor den Toren einer Kleinstadt, bei Nieselregen von einem der Ihren Abschied nimmt.

***

... und so nehmen wir nun Abschied von unserem über alles geliebten Ehemann, Vater und lieben Freund Roland Jost ...

***

Es ist Freitag, ein kalter, grauer Novembertag, es regnet in Strömen und ich habe *keinen* Schirm. Das Wasser läuft in den aufgestellten Kragen meines Trenchcoats und meine Schuhe geben seltsam schmatzende Geräusche von sich, wenn ich mich bewege, um die Kälte daran zu hindern von meinen Knochen endgültig Besitz zu ergreifen.

***

… Asche zu Asche, Staub zu Staub …

***

Eine riesige Trauergemeinde hatte vor dem Mausoleum der Familie Jost Aufstellung bezogen. Ich kannte zwar kaum jemanden davon, aber dem Aussehen nach zu urteilen, war der gesamte Geldadel der Stadt vertreten.

In der Ersten Reihe Stand Frau Jost, die sich offenbar nur noch mühsam auf den Beinen halten konnte. Neben ihr Schnösel Brian, ihr verzogener Sohn mit seiner Freundin, der Tochter des Bankiers von gegenüber.

Schnösels Freundin drehte sich zu mir um. Ihr Gesicht war eine Maske und ihre Züge wirkten verzerrt, wahrscheinlich bedingt durch den Blechladen, den sie im Gesicht mit sich herum trug.

Piercing, würden meine, dieser Unart der neuen

Zeit gegenüber aufgeschlossenen Freunde dazu sagen.

Aber bin ich deswegen weniger aufgeschlossen, nur, weil ich diese Form der Selbstverstümmelung hässlich finde?

Jetzt war ich an der Reihe. Die anderen Trauergäste hatten alle schon, gut beschirmt, Blumen oder Erde, oder auch beides ins Grab geworfen, und jetzt wartete man auf mich, den man, bis auf wenige Ausnahmen, ja nicht kannte.

Ich trat vor und nahm in aller Stille Abschied von meinem Freund, mit dem ich die schönste Zeit meines Lebens verbracht hatte.

„Leb´ wohl, mein Freund", murmelte ich, und warf eine Rose hinunter auf den nassen, und mit feuchter Erde und Blumen bedeckten Sarg. Ich wusste, dass er diese Blumen nicht mochte, aber nur weil Adenauer sie züchtete sind dies doch keine Blumen der Dekadenz. Blumen sind keine Klassenfeinde.

„Leb´ wohl, Wanderer zwischen den Welten des Diesseits."

Plötzlich kamen mir die ersten Takte eines Songs der Byrds, einer Folk-Rock Gruppe aus unserer Zeit, in den Sinn:

„He was a friend of mine …"

Und meine Augen hatten das Bedürfnis feucht zu werden.

***

Zeit ist eines der kostbarsten Dinge, die es für einen Menschen gibt. Deshalb sollte man sie sich nehmen, wo immer man sie bekommen kann.

Ich weiß, Woodstock ist vorbei, die Zeit, in der der Himmel noch blau und das Gras noch grün war, und in der der Sommer nie vorbei gehen wollte. Aber das war die schönste Zeit meines Lebens und deshalb lebe ich gedanklich noch immer in dieser Zeit, zumindest wann immer man mich lässt … gib mir das Gefühl zurück!

Epilog

Vor einiger Zeit, ich kam gerade vom Einkaufen aus einem Supermarkt, sah ich auf dem Parkplatz des Marktes ein riesiges Werbeplakat des Hessischen Rundfunks für den Radiosender HR1. Dieses Plakat zog mich magisch an und ließ mich bis heute nicht mehr los. Es zeigte einen freundlich dreinschauenden Mann in meinem Alter, dessen Blick bei näherem Hinschauen auch viel Wehmut verriet. Er hatte einen schütteren Haarkranz, trug ein Hawaiihemd, wie es in den Sechzigern einmal modern war und in der Hand hielt er ein Foto, das ihn als jungen Mann Ende der sechziger Jahre zeigte. Auf dem Plakat stand der Satz:

"Gib mir das Gefühl zurück."

In diesem Mann und in der Aussage dieses Plakats erkannte ich mich wieder. Auch ich denke voller Wehmut an diese Zeit zurück, die nun unwiederbringlich vorbei ist. In meinen Gedanken und in der Musik lebt sie aber weiter.

FSC
www.fsc.org

MIX

Papier | Fördert
gute Waldnutzung

FSC® C083411

Zeitfracht Medien GmbH
Ferdinand-Jühlke-Straße 7
99095 Erfurt, Deutschland
produktsicherheit@kolibri360.de